JN318843

笛吹川

fukazawa shichirō
深沢七郎

講談社文芸文庫

目次

笛吹川　五
解説　町田康　二四三
年譜　山本幸正　二五三
著書目録　山本幸正　二六一

笛吹川

一

笛吹橋の石和《いさわ》側の袂に、ギッチョン籠《かご》と呼ばれているのが半蔵の家だった。敷居は土手と同じ高さだが縁の下は四本の丸太棒で土手の下からささえられていて、遠くからは吊られた虫かごのように見える小さい家だった。村の人達は半蔵のことを「ノオテンキの半蔵」と云って怖れていた。ノオテンキということは馬鹿ということではなく向う見ずという意味だった。こないだまで鼻ッたらし小僧だった半蔵が、この頃、急に背丈が延びて、年は十六だが父親の半平より大きくなった。ふだんはおとなしく、まじめで稼ぎ者だが癇癪を起こすと暴れ馬よりも仕末が悪く、いつかの喧嘩の時にも、逃げる相手を追いかけて土手の急な曲り角を、相手は曲って逃げたが半蔵はまっしぐらに土手下へ飛び降りた。両手を拡げて足を揃え、パッと飛び降りた地響きに振り返った相手の方がまっ青になって立ちすくんでしまった程だった。あとで半蔵は「道が曲ってるなんてことはわかっていたァ、めんどくせえからまっすぐに飛び降りたのだァ」と云っていた。村の人達は「怒ると何をしでかすかわからない」と云って、おとなしい時でも一目置いていた。

ノオテンキの半蔵が四、五日前、家を出たまま帰らないことは村の人達も気づいていた。だが、家の者達は心配もしていない様子なので村では誰でも不審に思っていた。その半蔵が、さっき、しょんぼり帰って来たのである。家の前で立止って、横へ廻って縁の下へ降りて行った。降りながら左手をのばして、もうしなびそうになってしまったブドーの房をもぎりとった。下に降りたが縁の下の丸太棒のそばにしゃがんだままなにも云わないのである。右手を左の脇の下にはさんで、左手に持っているブドーの房へ食いつくように口を当てては、食べた皮をぷッ、ぷッと土の上へ吹きとばしていた。ギッチョン籠の上では裏側の手すりから乗り出すように半蔵のおじいが顔を出して見おろしていた。手すりの隅では父親の半平が帰ってきた倅を見ようともしないで草鞋《わらじ》をなっていた。おじいは半蔵が何を云うのか大体察しがついていた。孫の半蔵がお屋形《やかた》様の合戦について行ったことを村の人達には内緒にしていたのだった。帰って来てから云いふらすつもりでいたのだが、あんな所にしゃがみ込んでブドーばかりを食っているのである。下ばかりを向いていて、こっちも見ない様子では、きっと、いくさに行ってもうまいことはなかったらしいのである。婿の半平は「よせ〳〵」と止めたが、やっぱりその通りで「行け〳〵」とすすめた俺の方がさきの見とおしがつかなかったことになってしまったのである。倅の半平は婿に来た男である。孫の半蔵をいくさにでも行かせて、この家もなんとか盛り立てなければと思ったのだが、これでは村の人達に顔がつぶれるどころか婿の半平にまでも顔が立たないことになってしまったのである。半蔵がいくさに行ったということは隠していてもすぐ村の人達には知れてしまうのである。なんとか理窟をつけて孫の顔を立たせてやりたいものだと思ったが、どういう風に云い出したらよいものか？　と困っていた。だが、困ったような顔つきもしないで半蔵を見おろしていた。孫は四人もあるが男は半蔵だけだった。婿の半平などは意気地なしでのろまだから話相手になるのは半蔵だけだった。その半蔵が今、云うことに困ってあんなところへしゃがみ込んでいるのである。なんとか云って智恵を貸してやりたいのだがうまい考えも浮ばなかった。

おじいは半蔵を見おろしながら慰めるように云いだした。

「なァ、いくさに行っても一人じゃ駄目ずら、女ばかりもったじゃァ、男が一人じゃどうしようもねえら」

これは婿の半平にも云っていることだった。なんでも半平のせいにするような云い方をすればこの場合はよいと思ったのだった。半蔵は下をむいたままだが、

「なーに、わけはねえ、いくさなんてものはわけはねえものだ」

と、呑気そうなことを云い出したのだった。（アレッ？）とおじいは思ったが半蔵が痩

せ我慢で強がりを云っているのだと思った。

「それじゃァ、いくさに行ってうまいことでもあったのか？」

と聞いてみた。半蔵は下を向いたままブドーの皮をぷッと吹いてまた一口云った。

「うまいどころじゃァねえ」

そう云ってまたブドーの房へ食いついて皮をぷッと吹くと、

「駿河の奴等なんかを追っぱらうことは、わけはねえ」

と云うのである。おじいはホッとして、

「そうかァ、敵はそんなに弱かったか、うまくいったなァ」

と云った。半蔵は下を向いたまま、小さい声で云いはじめた。

「飯田河原にふた月も陣を張っていた奴等はみんな逃げてしまったぞ、わけはねえことだ」

そうすると草鞋をなっていた父親の半平が半蔵の方は見もしないで、

「その敵はどこへ帰《けえ》ったずら？」

ときいた。おじいがあわてて云った。

「バカ、敵が逃げてどこへ帰《けえ》ったかだと？　バカの奴だなァ、なにを云ってるだ」

怒られても半平は、

「それでも、また攻めて来るかも知れんぞ、この家にいることがわかれば、この家へ仕返しに来るかも知れんぞ」

と、つぶやいた。

「バカの奴だなァ、追っぱらって逃げた奴がまた来たところで何が出来るものか、てめえなど黙ってろ」

おじいはこう云ったが、でかい声をだして、

「いくさも敵の大将の首でも取らなきゃァ、うまいこともねえら」

と云った。半蔵は始めて上を見上げて、

「首は取らなんだけど敵の大将は死んだぞ」

と云うのである。おじいはびっくりして、

「エーッ、おめえが殺したのか？」

と聞いた。半蔵の方でもあわてて手を横に振った。大きい声で、

「俺が殺したのじゃねえけど、俺が追いかけたのだ、殺したのは俺の旦那だ」

と云った。おじいはパッと表へとび出して横へ廻って土手を駈けおりた。半蔵の横にしゃがみ込んで、

「それじゃァ、おめえが殺したも同じことじゃァねえか、えらいことをしたなァ」

と云って目を丸くして半蔵の顔を眺めた。半蔵はまた小さい声で話しはじめた。

「旦那が俺の馬に乗って、俺が馬の口をとって乗り込んだだけだヮ、わけはねえことだ、

向うの馬のつらに俺が高ッ飛びにドスンと胸をぶッつけたら、向うの馬など横ッ倒しになってなァ、向うの大将などひっくり返って起き上れなんだワ、俺の旦那も転がり落ちたが、すぐに起き上って向うの大将を殺してしまったのだワ、わけはねえことだ」

そう云いながら半蔵はふところから布《きれ》のたたんだものをとりだした。ニヤッと笑いながら立ち上って、右の手を差し出すようにして拡げると長い布である。

「こりゃァ、お屋形様の旗じゃねえか、武田菱《たけだびし》の紋どころの！」

と云って、おじいはまた目を丸くした。

「こんなものは欲しけりゃいくらでも持ってきてやるぞ、これを竿にさして、これと一緒に俺が飛び込んだのだァ」

「そりゃァ、いつだ？」

とおじいが聞いた。

「きのう、甲府の向うで、飯田河原でやッつけたけんど、旦那が石水寺《せきすいじ》のお城へ帰ったから、俺もちょっと帰ってきたのだ」

そう云って半蔵はまたニヤッと笑った。

「えらいことをしたなァ、おめえが敵の大将を殺したのも同じことじゃねえか、そのくれえのことはすると思っていた、おめえが行けば、只じゃァ帰《けえ》って来んと思ってた」

おじいはそう云うとすぐ立ち上った。上の方を見上げて半平に向って、

「見ろ、俺が行け行けとすすめたから半蔵は敵の大将をやッつけたのだぞ、草鞋などばかりなわなくて、早く竹野原へ行ってそう云って来い、半蔵が敵の大将をやッつけたことをそう云って来い」

と、でかい声で怒鳴った。竹野原は半蔵の姉のミツが嫁に行っている処で、一里も離れた山の方である。半蔵が手を横に振って、

「あわてることたァねえ、そのうちにわかるら」

と云って、ニヤッと笑った。それから、

「まあ、そのうちに俺の旦那がこの家へ来ることもあるぞ、土屋様という人だ、この家の前もよく通ることがあるそうだ、ギッチョン籠のような家だと云ったら知っていたぞ」

と云うのである。おじいはまた驚いて、

「この家へ来ると？　本当か？　えらいことになったなァ」

と云った。それから半蔵の肩をつついて、

「お屋形様の信虎様は竹野原へ嫁に行ったミツと同じ年で二十八だ。お屋形様へは男が生れたが、こっちは女だった。この家は女しか生れんから情ねえと思っていたが、おめえが敵の大将をやッつけたのだから」

と云って上を見上げた。半平に、

「こんなギッチョン籠の家は」

と云って、おじいは丸太棒に手をかけてゆすりながら、

「こんな家はつぶして、でかい家を作るようになるぞ、俺もおめえもヤモメだが、半蔵にはいい嫁が来るぞ、それもみんな俺がすすめたからいくさに行ったのだぞ」

と云った。その時、ギッチョン籠の表側で馬の足音がしたかと思うと何か大声が聞えた。下で半蔵が、

「あッ!」

と云って跳ねるように土手を駈け上って行った。すぐ表の方で半蔵が、

「お屋形様から呼びに来たから行ってくるぞ」

と家の中へ怒鳴った。おじいが急いで表の方へ行ったら、半蔵はもう迎えに来た人の乗っている馬の口をとって暴れ馬のように駈けだしているのだった。おじいは敷居に片足を上げて半平に、

「褒美をくれるのだぞ、どうだ! うまくゆくときはこんなものだ、まあ、何をくれるか貰って来なければわからんけど、えらいことをしたものだ、俺が行け行けとすすめたからだぞ」

半平も草鞋など作るのは止めてしまった。立ち上って、おじいの方へ手を差しのばして、

「俺だって、腹の中じゃァ、行け行けと思ってたのを知らなんだのけ?」

と、恨むような目つきでおじいを見ながら云った。半平がこんな云い方までして、いくさに行くのを止めさせようとしたことを謝まっているのでおじいは始めて嬉しそうな顔を半平に見せたのだった。ニコニコしながら、

「いまごろわかったか、俺の予想はなんでも当るのだぞ、俺の云うことに間違った験《ため》しがねえ、竹野原へ嫁に行ったミツなども帰《けえ》ってくるようにするぞ、この家を馬鹿にするようなところへ嫁にやっておけるものか！　すぐに帰って来るようにするぞ」

と云った。それから半平をちょっと睨んで、

「ほれ、あそこの、坪井の……」

そう云いながら右手の親指を笛吹橋の方へむけた。その時、表で馬の足音がした。おじいと半平が表へ飛び出して見ると半蔵が馬の上から見おろして、嬉しそうにおりて来た。おじいはニコニコしながら半蔵の耳許へ口を近づけて、

「褒美をくれたか？」

ときいた。半蔵の方でもニコニコしながら、

「すぐにはくれないさ、後でゆっくり決めてくれると思うけんど」

半蔵はそう云いながら横へ廻って土手下へ降りてゆくと鍬を握って上ってきた。

「さあ、お父っちゃん、これを持って一緒に行ってくれ、えらい用を云いつかったぞ」

そう云いながら鍬を半平に渡して、

「お屋形様へ、ゆうべ男の坊子《ボコ》が生れたのだぞ、その後産《のちざん》を埋める役を、お父っちゃんが云いつけられたのだぞ」

と云った。聞いていたおじいは飛びつくように半平の手から鍬を奪いとってしまった。怒って、

「バカ、てめえなどにそんな用を云いつけられるわけがねえ、半蔵が手柄を立てたからだぞ、俺がすすめたから半蔵がいくさに行ったのだぞ、てめえなどにそんな用を云いつけられるわけがねえ、俺が行くからいいヮ」

そう云いながら鍬をかついで、おじいはもう歩きだしていた。半蔵を振り返って、

「さあ、どこへ行くだ？」

ときいた。半蔵は馬に跨っておじいを見おろして、

「川田へ埋めるのだそうだ。石水寺《せきすいじ》のお城で生れたけんど、石和《いさわ》が元のお屋形だから、石和のお屋形から見た方角で川田へ埋めるのだそうだ、待ってるから早く行かなきゃ」

と云った。

「エッ！　もう持って来てあるのか、それじゃ急いで行かなきゃ」

おじいは急に駈け出した。半蔵の乗っている馬に負けるものかとおじいは狂ったように走り出した。着物の前がひろがって、脱げそうになっても片手に鍬をかついでいるので着物を合せることも出来なかった。前をひろげたまま息を切らして石和の屋形の門のところ

まで駈けて行った。半蔵だけ門の中へ入って行って、おじいは門の横で待っていた。ハァハァと息をして待っていると門の中から年とった人が二人あるいて出てきた。すぐ後から風呂敷に包んだ箱を持った人が出てきた。その後から半蔵が出て来たのである。半蔵はおじいのそばへ来て、

「さあ、一緒に行かざァ」

と、早口で云った。おじいは半蔵の後を黙ってついて行った。川田の村へはいるとすぐ右へ廻って田圃道をオキ村の方へ行くのである。オキ村へ埋めるのかと思っていたら、やっぱりそうだった。畑の中の石垣の横で、先の二人が立止った。何か云ってる中に塩をまいた。一人が口の中でブツブツ拝んでるような様子である。そのうちに拝んでいた人が塩をまいた所へ指をさして半蔵に、

「ここへ埋めるのだ」

と云った。すぐ半蔵がおじいの肩を押して、

「早く掘って埋めるだとォ」

と教えたのである。おじいは躍り込むようにその土の所へ行って両足を拡げた。ザクッと鍬を入れたら土の下にでかい石があった。鍬を横へ置いて、両手で石を持ち上げて除けた。それから鍬を持って力を入れてザクッと掘った。ハッと思ったら左足の下から鍬の先が湧いてきたように出てきた。（足を掬ったッ！）と思ったら踵から上へ五寸も開いたよ

うに肉が見えた。痛いなんてことより、大切な時に、まずい掘りかたをしたものだと、おじいは恥かしくなってしまった。うしろを振りむいて見るとお屋形様の人達は顔をしかめていた。すぐまた鍬を振り上げて二度目を掘った。だが、

「止《や》めろ」

と、うしろから怒鳴られてしまった。おじいは首をすくめて下を見ていた。左足から血がこぼれるように流れてきた。

「芽出度い御胞衣《えな》を血で汚がした馬鹿者ッ」

と、うしろからまた怒鳴られた。半蔵がとんできて、

「どいてろ、俺が掘るから」

そう云いながら横から鍬を取ってしまった。おじいはそばにいては悪いと思ったので足をひきずりながら五、六間ばかり離れたところへ行って傷のところを手で押えていた。半蔵が土を掘って後産を埋めてしまうと、みんな黙ったまま帰って行った。

その晩おそくなってからおじいを石和の屋形から迎えに来たのだった。

「こんな夜中に？」

と云ったら半平がそばで、

「怪我がひどいから、わしが代りに行って来ようか？」

と云った。おじいはあわてて、

「バカ、褒美をくれるかも知れんぞ、半蔵と一緒に」

そう云って起き上った。迎えに来た人に抱かれて馬に乗って出て行って間もなかった。半平は娘二人と寝もしないでおじいの帰って来るのを待っていると、表の戸がそっと開いて半蔵が顔だけだした。手招きしながら、

「おい、ちょっと」

と云っただけで行ってしまった。半平は急いで戸口まで行って外を見ると橋のすぐ横に四、五人立っているのである。外へ出てゆくと一番先にいるのが半蔵だった。半蔵はささやくように云うのである。

「おじいが死んだぞ、お屋形様に怒られて斬られたのだ。甲府のお屋形様がえらく怒って殺してしまえと云いつけたというぞ」

半平は足がふるえてしまった。そこに立っている人達のうしろに戸板が置いてあって、むしろがかぶせてあるけど、その下に横になっているのがおじいであるとすぐにわかった。ふるえながら側へ行ってむしろをまくるとおじいが白眼《しろめ》を吊り上げていた。

半蔵も死んでいるおじいに向って怒るような云い方をするのである。

「当り前《めえ》だ、お芽出度《めでて》え用を云いつかったのに、血を流して、よごしてしまっただから、土屋様の旦那だってカン〱に怒ってるぞ」

その時、半平は飛び上って叫んだ。

「まだ温《あった》けえぞ、生き帰るかも知れんぞ」

そう云って、むしろをとり除いておじいの身体をゆすったが死骸だった。半平はまだ温《ぬく》みのあるおじいの胸に手を当ててふるえていた。半蔵がひとり言のように、

「いま死んだばかりだから、まだ温《あった》けえらよ、黙ってここへ運んできたのだから、早く埋《い》けてしまわなけりゃ困るぞ」

そう云って、外の人達に頼んで戸板を運び出した。笛吹橋を渡って川しもの方へ土手を歩いて行った。二、三丁ばかり行った土手下の畑の中に墓場があるのだった。半平は穴を掘ってから、手伝って貰って死骸を穴に入れた。土をかぶせているうちに半蔵だちは帰って行った。

翌朝、表を通った人がギッチョン籠の前で立止って家の中へ声をかけた。

「竹野原のミツやんに、おととい坊子《ボコ》が生れたぞ、男のボコだ」

云い終ると、すぐ行ってしまった。十二になる下の娘のヒサが、

「あれ、男の坊子《ボコ》が生れたとォ、いまの人は竹野原の隣りの人の声らしいけんど」

と云った。半平はそんなことより別のことを考えていた。(甲府のお屋形様へも男のボコが生れて、ミツにも男のボコが生れたのだ、両方ともおとといだ)と思った。

おじいが死んで一月《ひとつき》ばかり経《た》ってからだった。ミツはボコを二人連れて帰ってきたまま竹野原へは帰らないのである。

「もうあんな家へ帰るものか」

そう云って、ミツは鼻息が荒くなっていた。四ツになる女の子のキヨと、こないだ生れたばかりの男のボコを連れて、半平に相談するでもなく、ミツは一人で勝手に出戻ってしまったのだった。半平はおじいが死ぬ前に云った言葉を思い出しては（おじいの云ったことはなんでもその通りになるものだ）と思った。（おじいは何もかも云い当てていたのだ）と思ってミツの思うままにさせていた。半蔵は石水寺《せきすいじ》のお城へ泊りきりになってしまって、時々帰って来るだけだった。おじいは死んでしまったが、家の中は、二人減ったが三人ふえたのだった。娘三人に孫二人、男は半平と赤ん坊だけなので半平は前より気がらくになった。ミツは出戻ってきたがすぐどこかへ嫁に行くつもりでいた。

正月がすぎて、からッ風のひどい朝だった。ガラッと表の戸が開いて、投げつけるように戸を閉めて半蔵が入って来た。いろりのそばにあぐらをかいて、

「駿河から、また攻めて来たそうだから、今夜行って追っぱらってくるぞ、見ていろ、俺は一人で川しもを下ってお屋形様とは逆に鰍沢《かじかざわ》の方から攻めるのだ、一人でだぞ」

と云った。ミツの顔を見て、

「まだ竹野原へ帰《けえ》らなかったのかい？」

と聞いた。

「帰るものかい、あんなところへ帰るわけがねえさ」

と、ミツはうす笑いをしながら云った。半蔵の顔を見つめていたが、

「嫁に行くとこなど、どこだってあるよ、あの……」

と云って、ミツは右手の人差指で橋の方をつつくようにしながら、

「ほれ、坪井の、あの家で、貰いに来るかも知れんぞ、お前《まん》が大将をやッつけたから、こんどまた大将をやッつけてくればよい」

と云うのである。半蔵はミツの頭がよいのには頭が下ってしまった。

「そうだなァ、あそこで貰いに来るかも知れんから、竹野原へは帰らん方がいいぞ」

そう云って、頭をうえ下にゆすった。半平はびっくりした。おじいが死ぬ前に、右手の親指を橋の向うにむけて、「ほれ、あそこの、坪井の……」と云ったことは今でも、目に映るようによく覚えていた。笛吹橋の向うの坪井の入口に「お坪木大尽《つぼきでえじん》」と呼ばれている庭の広い大百姓の家があって、そこの嫁は去年死んだがまだ後妻を貰っていないのである。ミツはそのお坪木大尽から後妻に貰いに来ると思っているのである。半蔵が敵の大将をやッつけたことも、ミツが家に出戻っていることも知れ渡っているし、前はギッチョン籠などと云われていたけれども今はそんなひけめはないのである。半平はその意味が今、始めてわかったのだった。そう云われればミツは帰ってきた時から表を通る人に「もう竹野原へは帰らんから」と吹聴していたのである。半平は（そんなに、云いふらすのはよせよせ）と腹の中では思っていたのだった。だが、ミツは出戻ったことをわざわざ知らせよ

うとしていたのだった。そう思えば、橋を渡って坪井の方へ行く人にばかり吹聴していたことも今、思い当ることだった。（おじいの云ったことはなんでもその通りになるものだ）と、半平は怖《お》っかないような気がしてきた。それに、半蔵は昼飯を食べたら鰍沢の方へ行くのである。一人で、いくさに行くのである。半平は怖《お》じけていたがミツは平気だった。

「敵をやッつけたら、早くここへ帰ってくればよい」

と何回も云っていた。ミツは一刻も早く半蔵の手柄話を知りたいのだった。風は夜から朝まで吹くが昼頃は必ず止んでしまうこの頃だった。風の音もなくなって外は静かだった。半平はミツの耳許に口を寄せて、

「さっきから、表を行ったり来たりしている男があるけど、誰だか知ってるか？」

と云った。ミツはちょっと顔をしかめた。半平はつづけて、

「どうも、家の中の様子を探りに来ているらしいぞ」

そう云うと、半蔵は飯を食っていたが止めて、

「よし、俺がつかまえてくる」

と云って立ち上ろうとするのを半平はあわてて腕を押えつけた。

「よせよせ、竹野原から様子を見に来たらしいぞ、ミツが帰らんから」

半平がこう云うと、ミツは忍び足で表の戸の横へ隠れてしまった。板の割れ目から覗い

ていたが、振り向いて背中を戸にぴったりと押しつけてしまった。こっちを見て手招きをするので半平も半蔵も、そっとそばへ寄って行った。ミツは身動きもしないで手を横に劇しく振って、

「来た〳〵、竹野原から、来た〳〵」

と云って、舌をちょっと出した。

「迎いに来ただよ、わしが帰らんから、半蔵が大将をやッつけたから迎いに来ただよ、きっとそうだよ、橋の手すりに寄りかかって、向うをむいてるけど、竹野原の近所の奴だよ、頼まれて迎いに来たけんど、この家に、はいれなくて困ってるだよ」

そう云うと、また舌を出した。それから、

「誰か出て行って、わしはここに、いないから、と云って来い」

と、ミツは早口で云った。半蔵が拳を握りしめて、

「よし、俺が行って追ッぱらってくる」

と云うと、半平があわてて、

「まてまて、事を荒だてずに、うまく帰してしまうがいいから、ちょっと待ってろ」

と云った。小声で、

「ヒサ……」

と、飯を食べてる下の娘を呼んだ。そうすると十四になる上の娘のタケと、ヒサの二人

が半平のそばへ、ぬき足で寄ってきた。二人とも耳を立てて半平のそばへ顔をよせてきた。

「ヒサが外へ出て行って、立っていろ、何かむこうで云ったら、（いない〳〵）と、そればかりを云っていろ」

と半平が教えた。上の娘のタケが、

「そんなことを云ったってダメさよォ、向うじゃァ、とっくにわかってるさよォ、さっきからボコが泣いてるし、キヨが表へ出たりはいったりしていただもの、そんなことを云ったって、ダメさよォ」

と云った。半平はタケの口を手でふさぐようにして、

「バカ、いても、いないと云えば向うじゃァ、ダメだと思って帰るから、なんでもいない〳〵と云えばいいのだ、ヒサが行ってみろ」

と云った。ヒサは急に大声を出して、

「いない〳〵と云えばいいずら」

と云って、怖《お》じけもしないで戸を開けて出て行った。表の軒下で、橋の方を見ていると、向うをむいていた男がこっちへ向き返った。そうしてこっちへ歩き出して来るのである。ヒサはあわてて両手で両方の目をおさえた。ヒサはその男の顔を知っていたのだった。竹野原へ遊びに行った時に、その家のボコと遊んだこともあるし、その家とミツの嫁

いだ家とは親類のようにつきあってる家の人である。むこうでもヒサの顔をよく知ってい
る筈だった。ヒサは目を隠しているので隠れているつもりだが、相手の男の様子も知りた
かった。指と指の間を拡げてその間から見ていると、その男はヒサのすぐ前まで来て立っ
ているのである。少し立っていたが、
「何を泣いてるだ」
と、その男が聞いた。ヒサは黙っていたが泣いていると思われたのだから、うまくいっ
たと思った。泣いているように思わせなければ困ると思ったので大声で、
「わーっ」
と泣き声を出した。うしろの戸がガタッと開いて半蔵が飛び出して来た。その男の襟を
摑んで家の中へひきずり込んでしまった。すぐ戸の横にミツが隠れているので、半蔵はそ
の男の顔をミツの反対の方へ向けて、ゲンコで三ツばかりひッぱたいた。
「何の用があって来たのだ」
と云って、またこぶしを振り上げると、半平がその手を押えて、
「よせ〳〵、荒いことをするな」
と半蔵に云った。それからその男に、
「ミツは竹野原へは帰らんから、ボコは二人ともこっちで引き取るから、向うの家へよく
そう云ってくれ」

と云った。その男は両手で頭を押えているだけで何も云わないのである。頭をかかえてうえ下に振っているだけである。半蔵がその男を表へ突き出して、

「わかったか」

と云った。その男は、

「わーっ」

と、騒ぐような声を出しながら逃げて行った。

「弱い奴だなァ」

と、上の娘のタケが云うと、ミツもヒサも笑い出してしまった。半平は首を横に小さくゆすりながら、

「よせ〱笑うなんて」

と云ったが、やっぱりおかしいような顔をしていた。

その晩、鰍沢のいくさで半蔵が大暴れをしたこと、敵を三人も斬り殺したことを、半平やミツはすぐその翌日村の人から聞いた。夕方には当の半蔵も帰って来たのだった。半蔵は手柄話をしたい風もなかった。話したいことは、

「茂平《もへい》やんもいくさに行った」

ということだけだった。茂平というのは同じ石和の村で、半蔵より八ツも年上で今年二十五である。石和の屋形のすぐ近くに家があって、馬鹿ぢからの茂平やんと云われるぐら

い力が強い男だった。茂平やんがいくさに行ったということは半蔵の家では強敵が現れたことと同じだった。いくさに行く者は村では半蔵だけだと思っていたのだが、競争相手が現れたというばかりでなく、これから他《ほか》にも出てくるような気がするのである。茂平やんも昨夜のいくさに敵を一人殺したのである。

その晩半蔵はギッチョン籠に泊った。朝早く甲府のお城へ帰って行ったが、表に立って見送っていた半平は、向うの方から荷を積んだ馬が五頭ばかりこっちへ向って来るのを見たのである。（何の荷物だろう？）と思って見ていると家の前を通って橋を渡って行った。夕方、表を通る人達の話し声で、今夜坪井のお坪木大尽に御祝言があることを知ったのだった。嫁は石和のすぐ南の小石和《こいさわ》から来るのだそうである。半平は（ミツは当てがはずれて）と気になったが、ミツはそんな風でもないらしかった。唯、時々、

「敵の大将をやッつけても大したことはねえなァ、褒美などもくれないかも知れんぞ」

と半平に文句を云うことがあって、いくさの話もしなくなった。

二

その年の暮、ミツは甲府へ嫁に行った。半蔵が探した嫁入り先で、甲府一番の絹商人の山口屋へ後妻に行ったのだった。お屋形様がいくさに勝ってばかりいたので、お城へ納め

る絹織物が前より十倍もふえて、甲府一の大金持だと云われている家だった。ミツは五ツになるキヨと二ツになる定平《さだへい》を半平に預けて着飾って馬に乗って行った。表で馬に乗る時、半平の方を振り向いてちょっと舌を出した。すぐひッこめて勢よく馬の上に飛び上って、みんなを見おろして、

「まだ年は二十九でよ、これからひと花咲かせなきゃァ、先は甲府一番のお大尽《でえじん》だよ」

そう云ってまた舌をちょっと出した。半蔵が嬉しそうに笑ってミツを送って行った。西の空に浮んでいるような駒、地蔵、観音ヶ岳の山々から吹きおろす風は、定平をおぶってミツを見送っている半平の着物を足許からまくり上げるように吹きつけた。ミツを見送ってから半平は家の中へ入る時、振りむいて橋のむこうに目をやった。ふっと坪井の方を眺めたのである。(あんなところへ嫁に行くより、もっとよいところへ嫁に行った。だが、おじいが云ったとは反対の方へ行ってしまったのだ、これでは、ミツの方がおじいより頭がよいのかも知れない)と思った。ミツは縁談がきまるとまた半蔵に、

「いくさに行って、敵の大将をやッつけなければ」

と云い出したのだった。ミツが嫁に行ってから山口屋ではお屋形様へ納める絹織物がますます多くなった。「お屋形様がいくさに勝てば勝つ程、納める絹織物も多くなる」ということを半蔵から半平はよく聞いた。

夏のはじめ、お屋形様が富士参りに行く時、山口屋の夫婦もついて行った。半平が家の

前で土の上に坐ってお屋形様を拝んでいると後からミツが通ったのである。ミツは家の方へ寄るように曲って歩いてきて、半平やキヨの前で、杖で土をつついて笑って見せた。半平はミツの旦那がどの人かと見ようとしたがどの人だかわからないうちに通りすぎてしまったのである。あとから、荷を積んだ馬が続いて、その一番しまいに、馬に乗っている半蔵が通って行った。

「一之宮へお参りをして、それから富士山へ行くのだぞ」

半蔵はそう云って、こっちを振り返ったまま橋を渡って行った。

富士から帰りに半蔵が、

「珍しい梅の木だぞ」

と、投げ込むように置いて行った梅の木を半平は縁の下の丸太棒のそばに植えた。まん中に小梅が一ツなって、それを囲むようにまわりに四粒の小梅がなっていた。

年が明けた。去年の暮、お屋形様の七ツになる総領が死んで、定平と同じ日に生れたボコが勝千代という名になった。半蔵の旦那の土屋様が勝千代様の面倒をみるようになったので半蔵も勝千代様と同じ家に住むようになったのである。帰って来るたびに半蔵は、

「土屋様があっちへ行けば俺もあっちへ行く、まあ、親子と同じだぞ、俺のことを土屋さんと呼ぶ人もある程だ」

と云って威張っていた。半平は僅かな野良仕事と二人の孫の面倒をみるだけだった。お

じいが生きていた時は、よその野良へ手伝いに行ったり、人足に行ったりしたのだが、今は子守だけをしていればよいのだった。娘のタケもヒサも野良へ出るし働き者になった。半蔵はこんな家に帰って来ないのである。女は嫁にやって、孫の定平が跡をとれば婿をとらなくてもよいわけである。死んだおじいが、「家を建てなおさなきゃ」とよく云ったが、定平が跡をとる頃までにはなんとかなるだろうと思っていた。

その晩、半平は風邪心地だったので早く寝た。孫のキヨも二、三日前から身体の具合が悪いようだった。夜中にセキをするので半平が目をさました時だった。キヨが突然、

「お母ァやん」

と叫んで泣き出したのである。キヨの咳《せき》が狐の啼くように聞えるので気にかかった。寒いのではないかと思ってそばへ行って一緒に寝ようとしたらふとんが濡れているのである。(寝小便をしたか?)と思ってよく見ると糞までしたらしいのである。そばに寝ているヒサをゆすって、

「キヨが小便をしたようだぞ」

と云ったが、ヒサは頭をもち上げて、

「いやだよう、このボコは」

と云っただけで、すぐまた、ふとんの中へもぐり込んでしまった。半平は定平のオシメでキヨの尻をふいてやって立たせた。ふとんを横に片づけて、キヨと一緒に寝ようとした

がキヨは立ったまま泣いていた。

　突然、半平は驚いて、

「あれ困ったよう、このボコの尻の穴が開いている！」

　と云った。横でヒサが目をこすりながら、

「尻の穴が開いていればなんで？」

　と聞いたが半平は呆気にとられて返事もしなかった。横に寝ていたタケも起きてしまって、

「いやだよう、七ツにもなって、ふとんの中へ」

　そう云いながら手を延ばしてキヨの頭をひッぱたいて、ふとんの中へもぐり込んでしまった。その次の晩、半平は小用に起きた。土手の横の厠の中で、急にミツの顔を思い浮べたのである。何故か、急にミツの顔が目の前にちら〱したのだった。その時、バタ〱と足音がすると厠の戸を叩かれた。

「困るよう、キヨが、なんだかおかしくて」

　と、上の娘のタケが云うのである。

「どうかしたのか？」

　と、半平が聞いた。

「急に苦しがって、ゆすっても返事をしねえ、早く出て来て……」

と、タケが泣きそうな声で云うのである。半平は急いで家の中へ駈け込んでキヨを抱き上げた。石の様に重くて、抱き上げても目を開かないし、手をゆすればブラブラで黙ったままゆすられているのである。

「死んじゃったぞ」

と、叫んで半平はキヨを置いた。タケとヒサがわーっと泣き出してキヨにとびついたが半平はどうすることも出来ないで腕をくんで坐っていた。忘れていたけど、昨夜キヨの尻の穴がひらいていたことである。(あんな、えらいことを、そのままにしておいたけど、子供だから、まさかおとなと同じだとは思わなかったが、あの時、すぐ気がつけばこんなことにならなかったかも知れない)と思った。

「ゆうべ、尻の穴がひらいていたから」

と半平が云うと、ヒサが、

「尻の穴がひらいていれば、なんで？」

ときいた。

「尻の穴がひらいていれば死ぐ人だ」

と半平が云うと、ヒサが、

「それじゃァ、なぜゆうべ、それを云わなかった」

と云って怒り出してしまったのである。

「まさか死ぐとは思わなかった」

そうしか半平は云うことが出来なかった。タケも半平にとびついて、

「そんなことを黙っていて、そんなこたァ知らんから、わしはゆうべキヨをひッぱたいたじゃねえけ、てめえが殺したと同じことだ」

そう云って、タケも怒って半平の身体をゆするのである。ヒサも半平にとびついて、

「てめえが殺したと同じことだ」

とわめくように云うのである。半平は二人の娘に両方からとびつかれて、身体をゆすられながら大声で泣きだした。その時、石和の東の鵜飼堂の鐘が鳴りだした。鐘の音がつづけて三ツ鳴って、少したつと朝の鐘が鳴りだした。東の空が白くなって夜が明けはじめた時、表がガタ〳〵とした。戸が開いて半蔵が入ってきた。

「お屋形様にボコが生れたぞ、女のボコが」

そう云ってる半蔵に、

「キヨが死んだぞ」

と、訴えるように半平が云った。

「エーッ!」

と、喧嘩のように半蔵は叫んで土足のままキヨの側へ来た。キヨを抱き上げて、

「生き帰らんか?」

そう云って目を光らせて睨んだ。半平は、半蔵がお屋形様に女のボコが生れたことを知らせに来たことに気がついた。半蔵がキヨを睨んでいるのを見ていたが、

「お屋形様に女のボコが生れたのか、それじゃァ、キヨはお屋形様のお姫様に生れ代ったのだぞ」

と、半平は云い出したのである。

「お姫様に？」

タケがびっくりしてこう云った。

「そうだぞ、それでなきゃ、こんなに急に死ぐもんか」

と、半平は力を入れて云った。半蔵はこの時、気がついたように云った。

「どうするだ？　生れたお姫様の後産《のちざん》を埋めるように、また云いつかってきたのだに」

半平は驚いて、

「また云いつかったのか、この家じゃ、せんに、そのことでおじいが殺されたのに」

と云った。半蔵も顔をしかめて、

「お屋形様の人達は、そんなことは忘れているヮ、俺も、また嫌な用を云いつかったと思ったから、困ったから飛んで来たのだ」

と云うのである。半平は目をふさいで考えていたが、

「断った方がいいぞ、この家じゃ、おとぶれえが出来たから、汚《けが》れているからって、断っ

て来い」

　と云った。半蔵はすぐ立ち上って、

「急いで断って来る、すぐ帰って来るから、それからキヨのおとぶれえをするのだ」

　そう云って飛び出して行った。

　そのあした、キヨの葬式が笛吹橋を渡って土手を右に下《くだ》って行った時だった。

「アレ」

　と、土手下で声がするのを半平はきいた。見おろすと土手下の鶴やんの家のところだった。そこの娘は家の中へ向って、

「ギッチョン籠の家じゃ、ボコが死んだと」

　と云った。そうすると家の中で、

「そりゃ可哀相に、こっちじゃ生れるし、向うじゃ死ぬし」

　という鶴やんの声が聞えた。半平は土手下へ向ってその娘に、

「お前《まん》の家じゃボコが生れたのか?」

　と聞いた。鶴やんが家の中から出て来て、

「ああ、女が生れた、きのうの朝、俺のとこじゃ三ツむかえで、いつでもお屋形様と同じ年にボコが生れるぞ」

　と云うのである。半平はつづけて聞いた。

「きのうの朝のいつ頃生れた？」

「そうさなァ、鵜飼堂の夜明けの鐘が鳴って、それから少したってから生れたァ」

半平は小走りに先へ行って半蔵に、

「お屋形様じゃ、お姫様は、きのうの朝のいつ頃生れた？」

と聞いた。半蔵は歩きながら、

「いつ生れたか、はっきりは知らん、俺は夜中に起されてきいたけんど、いつ生れたか時刻までは知らん」

と云うのである。半平は念を押すように、

「それじゃァ、キヨが死ぬ前に生れたのか、キヨが死んで少したつと鵜飼堂の朝の鐘が鳴ったけど、お屋形様じゃそれ前に生れたのだな」

と云うと、半蔵は、

「石水寺《せきすいじ》から家へ帰るとき、鵜飼堂の前を通ったら、丁度、朝の鐘が鳴っていたヮ」

と云うのである。半平は立止って、ポロポロ涙をこぼした。泣き声で、

「それじゃァ、キヨは鶴やんの家へ生れ代ったのだ、あんな家へ」

と大きい声で云った。半平が立止って泣きだしたので、キヨの死骸をかついでる人達も立止ってしまった。半平は鶴やんの家の方へ指を差して、

「あんな貧乏の家へ生れ代って、やっぱり、貧乏人にしか生れ代らんのか」

半平はうらむような目で鶴やんの家の方を眺めてこう云うと、ヒサがそれをきいて、

「それでもいいじゃ、すぐそばへ生れ代って」

と云った。半蔵も、

「ふんとだ、借りてきて、おぶったり抱いたりすればいいだ」

そう慰められて半平は歩きだした。葬式がすんで、家へ帰って、半平は縁の下にいつか植えておいた梅の木の花が咲きはじめているのを見つけたのだった。

「珍しい梅の木だ」

と云って上を見上げて云った。

「半蔵、早く来て見ろ、お前《まん》がこいで来た梅は、八ツ房になって咲いてるぞ」

まん中に一輪咲いて、そのまわりに蕾が七ツ開きかかっていて、房のように見える梅の花だった。半平は土手の横を上って行って半蔵に、

「あのヤツブサの梅の木は、どこからこいできた?」

と聞いた。半蔵は東の空の方へ指を差して、

「あそこら辺の山の中だ、富士の帰りに、どこかの門の入口のところにあったのをこいできた」

と云った。

「その門のところはお寺の門じゃなかったか?」

と、半平は目を光らせて聞いた。

「門の中までは見なかったけど、そう云われればお寺のようだった」

と半蔵が云うと、半平が怒って、

「バカ、こんな梅は普通の家で植えるものじゃねえぞ、バチが当るぞ、それだからキヨが死んだのだぞ」

「それじゃァ、こいで捨ててくる」

と半蔵が立ち上ろうとするのを半平は、

「よせく、俺がどこかへ植えてくるから」

と云って止めさせた。

その年の夏、大雨が降って笛吹川が増水した。もう一日も降れば土手が切れるという時に雨は止んだが、半平の家ではみんな雨の中を甲府へ逃げて行った。山口屋へ行ったらミツが、

「土手が切れて、あの家が流されればいい、うんとよい家を建てるのに、どうせつぶす家だ、流れてくれればよい」

そう云って嬉しがっているのである。雨が止むとすぐ半平だちは帰ってきた。帰りながらヒサが、

「遊んで行けと云ったのに、なぜ急いで帰るので？」

と聞いた。半平はおぶっている定平の方を振り向きながら、

「あんな贅沢の家にいたくねえなァ、早く帰りたかったなァ」

そう云って急いで帰ってきた。半平はヒサ達がミツの家のような贅沢に慣れると困ると思ってすぐ帰ってきたのだった。家へ帰ったが笛吹の流れが物凄く、一晩中、狂ったように騒いでいた。大菩薩峠の頂上から西に落ちる水も、金峯山の木の葉から落ちる雫も、笛吹川となって、ふだんは月の光のように白く静かだが怒れば暴れて泥水がのたうちまわっているようだった。ごう〱と鳴る音は水の音だけではなく、川底を石が流れる音だった。

秋になってからもまた大水が出て、半平だちは甲府へ逃げた。水が出るのは毎年のことだが、水が出ればそのたびに土手普請の人足に出なければならないのである。だが、半平にはそんなことも用はなかった。年をとっているし、半蔵の稼ぎが多く、ミツがくれた絹のチャンチャンコを着て、村ではうらやましがられる身分だった。村の若い衆だちも半蔵の真似をしていくさに行ったが大したこともなかった。馬鹿ぢからの茂平やんも敵を一人殺しただけで次のいくさには殺されてしまったのだった。

秋の投げ月に、投げておいてもつくと云うので半平は縁の下の八ツぶさの梅を川田のオキムラへ持って行って植えてきた。

「血で汚《けが》した後産のところへ、梅を植えて、普通の梅の木じゃねえから、清めるというこ

とになるら」

と、一人でそう思って植えてきたが、それから間もなく半蔵の旦那の土屋様が郡内へ攻めて行った時に討死してしまった。「それをがっかりしたか、半蔵も勢がなくなってしまった」とミツが教えてくれた。毎年、夏になるとミツは一度だけは来た。土手にネムの花が小山のように咲くので「花を見に」と云って帰って来るのだが定平の顔を見に来るようでもあった。

「半蔵は此の頃しょげ込んでしまったよ、土屋さんの家に住み込んで、跡取りボコの世話をしたり、庭仕事でもしているら、いくさにも行く勢がなくなってしまったから、駄目だ〳〵」

とミツは云っていた。定平が九ツの時、お屋形様では勝千代様の弟が死んだ。高野山へ骨を持って行くというのでミツの旦那もついて行った。

次の年、すぐそこで合戦があった。いくさは笛吹の川上の山の八坪で、「攻め太鼓が聞える」と村の人が騒いだ。

半蔵も飛んで来たのだった。家の前まで来たが、

「鎮目《しずめ》の方へまわって行く」

そう云って橋を渡らずに馬を走らせて行った。行ったがいくさはすんだ後だったので半蔵はすぐ帰って来た。「行かなかったと同じことだ」と云って二、三日遊んでいた。その

年には上の娘のタケが黒駒へ嫁に行って、次の年にはヒサも八代《やつしろ》へ嫁に行った。お屋形様では去年、勝千代様に東の国から来た嫁がボコを持ちそこねて死んだ。いくさは遠くまで攻めて行って、どこへ行っても勝って帰ってきた。定平が十六になった正月、京都からお屋形様へ使が来て、勝千代様が偉い位になった。晴信様と名も変って、半蔵も晴信様につくようになった。半蔵も土屋半蔵という名になったのだった。

「またでかいことをするだろう」

と、ミツは嬉しがっていた。晴信様には都から嫁が来た。半蔵も甲府の西から嫁を貰うことになった。今年もミツはボコをもってまた女のボコだった。ミツは甲府へ行ってから三人もったが、三人とも女だった。

その年の秋、半蔵は晴信様について信州へ攻め込んだが左足に傷をうけて、ちんばになって帰ってきた。

「左足か！」

そう半平が云って川田の方を指さしながら、

「晴信様が生れた時に、おじいが左足の血で後産をよごした。その晴信様の初いくさに、お前《まん》が左足をやられたのは、おじいが土の下でお屋形様に謝まってるのだぞ」

と、あきれ返って云うと、半蔵は、

「なーに、これだけだ」

と云って傷口を見せた。傷は少しで、すぐなおりそうだった。その年も夏、笛吹に水が出て半平だちは甲府へ逃げた。暮に半蔵は「嫁が、正月は来ることになった」と云っていた。だが、正月すぐいくさが始まって半蔵は嫁が来る前に行ってしまった。行ったままで半蔵は帰って来なかった。

暑くなりかけた頃、「半蔵は二月の終り頃、討死した」ということを知らせに来てくれた。半蔵は塩尻の先で殺《や》られて、「死骸も馬と一緒にそこへ埋めて来た」と云って知らせに来てくれた人が、布に包んで髪の毛だけを持って来てくれた。丁度、その時、

「定平やんが、まんじゅ屋敷へ飛び込んだ」

と、土手で騒いでいる声を半平は聞いたのだった。途端、半平は（定平も半蔵のようにノオテンキの奴だ）と気がついた。まんじゅ屋敷というのは、すぐ川上から笛吹の水が川田の方へ流れて、他の川と落ち合っている場所である。どんよりとした流れの溜り場所で、底がないと云われる程深いところだった。（そんなところへ飛び込んで生きて帰ってくるらか?）と思ったが、泥だらけになって帰って来たのである。

「バカ!」

と半平が云うと、定平は、

「でかいナマズをとってきたぞ」

と平気な顔をしているのである。半平は目をむいて、

「バカ、てめえもノオテンキの奴だなァ、半蔵は死んだぞ、ノオテンキだから半蔵はいくさに行ったのだぞ、てめえも、いくさに行きたがって、死んでしまうぞ」

そう云って半蔵の髪の毛を見せてやった。すぐ定平にも嫁を貰って、いくさに行かないようにさせた。半平は、

「早くボコをもたなきゃ、いくさに行きたがるぞ」

とよく云ったが、三年たってもボコは生れなかった。定平の嫁は八代へ嫁いだヒサの小姑が来たのだった。嫁に来る前は「メッキのおけいやん」と馬鹿にされて嫁に貰う人などないだろうと云われていた。メッキというのは片目ということだった。おけいは左の目がつぶれていたのだが右の目も細くて小さかった。ヒサは嫁に行って次の朝、起きるとすぐ花聟の亭主に、

「おけいやんを、わしがどこかへ世話をする」

と云ったのである。

「えッ！」

と花聟の亭主はびっくりしてすぐ親達に知らせた。

「どこか、心当りがあるのか？」

と、舅達に聞かれてヒサは黙ってしまった。夕方、飯を食ってるときも、

「心当りがあるのか？　どこかに？」

と、催促されるように聞かれたのである。

「ちょっと待って」

と云ってヒサは裏口から出ると、日暮れの笛吹の土手をのぼって家まで帰ってきた。半平に、

「定平に嫁を貰うじゃ、わしの小姑を貰えばいいぞ、メッキだが、根性は見たことがねえくらいの娘だよ」

そう云って、

「どうする?」

と、すぐに返事をきいた。

「それじゃァ、ほかを探さなんでもいいなァ、そんねにいい娘じゃ」

半平がそう云ったのでヒサはすぐ八代へ帰った。

「おけいやんをうちの定平に貰わせるから」

と、舅達の前で云うと、家中の者が躍り上って喜んだ。おけいは十五で嫁に行ったのだが、嫁に貰い手がないと云われていたおけいが村で一番早く嫁に行ったのだった。

三

嫁に来てから五年もたったがおけいにはボコが生れなかった。お屋形様の晴信様には二人も男のボコが生れたが、

「定平も、二十一にもなって、ボコがねえから、半蔵みたいにいくさにでも行きたがらなけりゃいいが」

と、半平がおけいに云って、これが半平と定平の気まずいときのきまり文句だった。

その年、半平は病気で死んだ。死ぬ前はすっかり弱って誰もが感づいていた。飯を食うとその後で、

「腹が張ったようで、苦しくて」

と、よく云うのであった。吐いたりすることもあった。だんだん痩せて「どうも変だ?」と、みんなが心配しはじめた頃は飯も全然食べられなくなっていた。そのうちに起きることも出来なくなり、しまいには手も足も骨ばかりのようになって、顔も皺だらけになってしまった。厠へも行けなくなったというので黒駒からタケが来た。

「いつから、こんねに痩せたのけ?」

と聞くと、半平は、

「そうさなァ、今思えば、二、三年前から腹が張ったようだったが」

　と云った。それから、

「お前《まん》だちは一年に一回ぐらいは、オオバコの根でも煎じて呑め、腹をくだして、腹の掃除をしなければ駄目だぞ」

　力は抜けた声だが怒るような云い方で何回も同じことを云っていた。八代からヒサも来てタケと顔を合せた。

「田の草を取りはじめたところでよ、今年はお田植から、なんだかだと忙しくて、まだ麦も片づけてねえ」

　来たが忙しいことばかりを云ってヒサはすぐ帰った。タケもその日帰って行った。二、三日ですぐ半平の様子が迫ったようになったので甲府からミツも来た。ヒサも来たしタケも来た。ミツは自分のことばかりを云っていた。半平の耳許で小声で、

「お屋形様じゃ、信虎様が駿河へ行った留守に晴信様が跡をとってしまったのでよ、あんな人は駿河へ追い出した方がいいさよォ、あんな人は自分の兄弟でも、気に入らなけりゃ殺してしまうし、どのくらい血縁の人を殺したか知れんだよ、うちのおじいやんなども殺されただから、あんな人は追ッ払った方がいいさよォ」

　と云った。それから、

「まるで、ワカサレの源やんの家のようだ」

そう云って舌を出した。ワカサレというのは別れ道のことだった。石和の村のまん中が二筋に別れていて、その角の家のことをワカサレと呼んでいた。息子が源やんと云う名で「親を追い出した家」とも云われていた。三代続けて親を追い出して、今の源やんはまだ親を追い出さないのだが「ワカサレの源やん」と云われて、いまにきっと、親を追い出すだろうと誰にも思われていた。

半平はお屋形様の話などはどうでもよいことだったが、ミツが大事そうに思っているらしいので相槌をうって、

「それじゃァ、晴信様は勝手に跡を取ってしまったのか？」

と聞いた。

「そんなこたァねえさ、みんな、親類中できめて追い出したさ」

そう云いながらミツは手を前に出して左の方から右の方へしずかにまわした。親類中ということを手真似でしたのだが、これは自分も関係があるという顔つきをしているのだった。タケが横から口を出して、

「そんなこたァどうでもいい、馬を納めた分の銭さえくれれば」

と云った。半平がすぐ聞き返して、

「お屋形様じゃァ、馬を納めても銭をくれないこともあるのか？」

と心配そうにタケの方へ眼玉を上げて云った。タケは早口で云った。

「くれるさ、くれるけど、お屋形様の代が変って、くれなくなるようなことになれば困らァ」

半平はうなずくように顔を動かしながら、

「心配するこたァねえ、晴信様の代になっても、くれないなんてことはねえさ、くれるさ」

と云ってタケを安心させた。タケは安心して、ミツの顔を見ながら、

「わしの家へも一度来ておくれ、黒駒は下黒駒と上黒駒じゃ二里もあるけれど、馬を放し飼いにしている家と云えばすぐわかるよ、馬を飼ってる家はいくらあっても、放し飼いにしている家は俺家《おらん》のとこだけだから、来ればすぐわかるから」

と云うと、半平はタケを上眼で眺めて、

「タケのとこじゃ、馬のお大尽《でえじん》になって、みんなお屋形様のおかげだぞ」

と云った。半平が上眼を使うと、白眼はもう曇っていた。タケはまだ馬のことばかりを云うのである。こんどはヒサに向って、

「八代でも馬を飼えばいいのに、なぜ飼わんずら？」

と云った。

「馬を飼っても、お屋形様に持って行かれても、なかなか銭をくれないそうじゃねえけ」

そう云って、ヒサは馬を飼うことには乗り気でないらしいのである。

「すぐにはくれなくても、あとでくれるぞ、俺家《おらん》じゃ、おととし納めたのを、こないだ貰ったワ、それに、こんどは味噌をうんと作って、陣屋味噌《じんだんみそ》も納めるつもりだ。いくさに馬を納めて馬大尽《うまでえじん》になって、その次はミソ大尽《でえじん》になるだァ」

と、タケが威張るように云うと、ヒサも、

「ミソは俺家《おらん》でも今年はうんと煮るつもりだ、そのつもりで今年は豆を余計に作ったよ」

と云った。そうするとタケがあわてて、

「ミソなど駄目だぞ、ミソだけは八代のミソじゃ駄目さ、黒駒のミソでなけりゃ、昔からミソは黒駒にかぎると云われているだから」

と云って、タケはヒサがミソを作ることに反対するのである。ヒサは口をとがらせて、

「そんなこたァねえさ、陣屋味噌《じんだんみそ》など、なんだってかまうものか」

そう云ったが、声を大きくして、

「どこだって、そんねにちがうものか、八代だって黒駒だって」

と云い放った。下を向いたがタケを睨んで、

「てめえのとこだけお大尽《でえじん》になればいいずら」

と嫌味を云うように云った。タケは笑いながら、

「ミソなど納めさせてくれないかも知れんぞ、それより馬を飼えばいいに」

と、馬鹿にするように云ったのである。

「ほれ、そんな無理のことばかりすすめるずら、いますぐ出来んことばかりすすめるずら」

と、ヒサが口喧嘩《くちげんか》のような云い方になってしまったので、みんな黙ってしまった。半平は別のことを云い出したのである。

「おけいにはまだボコが出来んけど、定平もいくさに行くなんて云い出すと困るから、定平も味噌でもうんと作ればいいに」

と云ってミツの顔を見て、また、

「定平に、いくさにだけは行かんように、よく云ってくれ」

と、頼むような、お世辞を云うような云い方だった。そうするとミツがおけいに、

「あのビクには、どうしてボコが出来んずら」

と云い出したのである。ビクというのは女を馬鹿にする時か、いやしめる時に使う言葉だった。ヒサがそれを聞いておけいの肩を持って云った。

「ボコは出来んけど、こんねによく働く嫁はねえさ、嫁に来てからまだタスキをはずしたことがねえぐらいだ」

と云った。ミツが苦笑いをして、

「タスキをはずしたことがねえッて？　そんなことがあるものか、寝る時には、はずすら」

そう云って舌を出した。おけいにボコが出来ないことを半平が心配しているので、ミツはおけいが憎くなってしまったのである。それで、こんな云い方をしたのだが、ヒサは怒りだして云った。

「当り前さ、寝る時にタスキをかけて寝る奴があるものか、朝起きるとタスキをかけて、寝る時までタスキをかけていればタスキをはずしたことがねえと云うものだ」

半平は眠むそうに目をうつら〳〵しながら、

「おけいは西山の湯へでも行ってくるといいになァ、そうすればボコも出来るら」

と云った。ヒサも、

「そうだ、西山の湯へ行って来るといいぞ、ひと月ぐらい、だが……」

と云ったが後を云わずに黙ってしまった。ヒサはおけいが湯が嫌いなことに気がついたからだった。おけいは半平の足許の方に坐って聞いていたが、右手で左の腕をさすりながら、

「わしは湯が大嫌いで、湯へ入ってると苦しくなるたちで」

と、断るように云ったのである。ミツは苦笑いをしながら、

「湯が嫌いだって？　そんなことがあるものか」

と云って、半平の顔をちょっと見て舌を出した。それから、

「いやだよう、あのビクは、まだ湯へ入ったこともねえずらか」

と皮肉を云った。ヒサが横から、

「おけいやんは嫁に来る前は、裏の滝田川《たきだ》で水あびをしたけんど、湯は嫌いだが水くぐりはうまいものだよ」

と云った。ヒサはおけいの肩をもっているうちに、云い方に困ってしまって、つまらないことを云い出してしまったのだった。ミツの方でも意地になって、とんでもないところに文句をつけたのである。

「滝田川《たきだ》だって？　タケダ川というのさ」

と、川の名に文句をつけたのである。ヒサは負けていなかった。

「滝田川というのさよォ、八代の川の名などミツ姉やんが知るものか」

と云って、やりこめてしまったのである。だが、ミツも負けてはいなかった。

「バカだなァ、お屋形様の武田《たけだ》という名の川だぞ、わしが竹野原へ嫁に行ってた時に裏を流れてる川がタケダ川で、それが八代へ流れてお前《まん》の家の裏を流れてるだ、笛吹へ流れ込む川のことずら、わしの方がよく知ってるさ」

ミツにこう云われるとヒサも意地になって云い返した。

「そうでよ、その川だけど滝田川と云うのが本当の名さ、流れが急で滝のように流れて、田んぼへ流れ込むから滝田川というのさよォ」

と云い張った。ミツは苦笑いをして、

「バカ、どんな川だって流れが急じゃお滝になるヮ、田んぼへ流れ込まない川があるものか、そんなことなら、どの川もみんな滝田川って云うのか」

そう云ってミツはまた舌を出した。ヒサはあくまで負けていなかった。

「なんでもあの川は滝田川と云うのだヮ、先《せん》に嫁に行った所の川の名も知らないくせに、わしは、嫁に行った家の裏を流れる川の名ぐらい知ってるぞ」

ヒサがあまり強く出るのでミツはやはり年上だった。もともとヒサを相手にするつもりではなかったのである。おけいに嫌味を云うつもりだったのである。ヒサの云うことなどにそっぽを向いてしまったが、ミツはおけいに向って、からかうように、

「湯が嫌いで、水くぐりがうまくたって、ボコももたないくせに、水くぐりなど、わしだって、そこの橋の下で水を浴びて、水くぐりじゃ負けたことがねえ」

笑いながら云うとまた舌を出した。ミツは水くぐりなど出来ないのである。ヒサはそれをよく知っていたので、

「それじゃァ、おけいやんと競争をしてみろ、みんなが見ている前で」

と、ミツに云った。

「あんなビクに負けるものか」

と云って、ミツはおけいの顔を睨んだ。ミツが本気になって水くぐりをしようというのであるからおけいは困ってしまった。右の手で左の腕をさすりながら、

「ダメでごいす、わしは水の中へもぐるだけで、川の底をおよぐなんてことは出来んから」

そう云って半平の顔を見ると、半平は目を閉じて、小さくイビキをかいているらしいのである。

「あれ、眠ったようでごいす」

とおけいが云った。みんな枕許から離れて表の入口の方へ集って坐った。そこでは定平が、さっきから何も云わないで腕をくんで半平の容態を考え込んでいたのだった。みんながすぐ側に集ってきたのに、びっくりして眺めまわしていた。定平は昨夜《ゆうべ》一晩中眠らなかったのである。

「今夜あたり息を引き取るじゃねえか?」

と、定平は半平が死ぬのを昨夜《ゆうべ》だと思っていたのだった。ミツとタケとヒサの三人は額を寄せるように坐っていた。ミツがタケの耳許へ口をつけるように近づけて、すぐそばのヒサにも聞きとれないような小さい声で云うのである。

「困るよう、わしの家じゃ、嫉《そね》まれて、お大尽《でえじん》になりすぎて、悪く云われて」

と、心配そうな顔をして云った。タケがミツの耳へ口をよせて、

「誰に嫉まれたで?」

と聞こうとすると、ミツはタケの近づけた口を除けて、自分の口をタケの耳へ寄せた。

「お屋形様に嫉まれているらしいよ、こないだお屋形様が駿河へ行くときの絹は納めさせてくれなかったよ、まわりの奴等が嫉んで、お屋形様に悪く云ったらしいのだよ、今までこんなことはなかったのに」

ミツはしおれてこう云ったが、すぐ力を入れて、

「絹も納めさせてくれないで、その留守に晴信様に跡を取られて、いい気味だよ」

と云って舌を出した。ヒサの顔を見たが、ヒサにも聞えないように小さい声で云った。

「それでもいいさ、いくらまわりの人が悪く云っても、晴信様は悪くしねえらに」

タケがミツの耳に口を近づけて、

「運がいいなァ、憎まれた時に、丁度駿河へ追い出されてしまったというわけさ、うまくいったというもんさ」

と、安心したようにタケは云った。

夜になって、みんなが飯を食ってる時だった。半平が手を前に上げるような恰好をして、掛けている薄いふとんをまくり上げているらしいのである。おけいが、

「暑苦しいじゃねえけ?」

と云って上の方をまくってやると、定平が、

「日暮れだから、そんなことを」

と心配した。おけいは腹の中で、掛けるものをまくるようになれば臨終が近いというこ

とに気がついていた。半平の顔を見ながら、

「重いのでごいすけ？」

ときくと、半平はうなずいた。ミツが、

「もっと軽いものとかえろば」

と、飯を食いながら云った。口をもぐもぐさせながら立ち上って、半平のそばへ行った。ふとんをとって厚い着物を掛けてやりながら、

「夏だから、着物ぐらいでいいさ」

そう云うと半平はうなずいた。ミツがまた入口の方へ行くと、半平が手招きのようなことをするのである。ヒサがそばへ行くと、半平はミツの方へ手をむけるのである。

「ミツ姉やん、呼んでるよ」

とヒサが云ったので、ミツは半平のそばへ行って坐った。半平はミツの顔を眺めていたが、

「お前《まん》だちは、さっき、容易ならぬ話をしていたなァ」

と云ったが、ミツを睨んで云ってるのである。ミツはなんのことだかわからなかった。きき返そうとすると半平がまた、

「お大尽《でえじん》になりすぎて、お屋形様に憎まれて、いまにえらいことになるぞ」

と云うのである。ミツはびっくりした。

「あれ、きいていたのけ、寝ているると思ってたに」

と云ってタケの顔を見ながら、

「嫌だよう、ひるまの話を、みんな聞いていただと、嫌だよう」

と云った。半平はまたミツに、

「とんでもねえことになるから、早く山口屋を小さくして、そんねにお大尽《でえじん》にならない方がいいぞ」

と云ったが、ミツは平気の顔をしていた。

「お屋形様など追い出されてしまったよ、晴信様が跡を取ってしまったから、晴信様とは喧嘩も同じさ、もう帰って来んから平気だよ」

と、笑いながら云うので半平も安心したようだった。ミツはちょっと嫌な気がしたのだった。あんなに小さい声で話したのに、寝ている半平が聞いてしまったということは気味が悪いように思えるのである。

「えらく、耳がよく聞える病人だなァ」

と、大きい声で云うと、おけいが左の腕をさすりながら、

「寝ているようだけど、寝てもいないようでごいす。うとうとしているだけでごいす」

と云いながら半平の顔を見ていた。胸を大きく上げたり下げたりしているので、もうすぐ息を引きとるらしいと思った。

その晩、半平は死ななかった。今か〳〵とおけいは待っていたのだが朝になってしまった。明け方、ひょっと見ると半平が口を横に動かしているのである。目を閉じているので（眠っているらしい）と思って見ていた。だが、苦《にが》い物でも食べたような顔つきをした、と思ったら、さっと顔色が白くなった。それから半平は目を大きく開いたのである。おけいは（今、死ぬのだ）と思った。ハッとして左の手をのばしてそばに寝ているヒサの身体を荒くゆすった。ヒサが目をさましたので、

「様子が変だッ」

と云った。それから右の手を延ばしてミツの身体をゆすった。みんなすぐ起きたので、おけいは半平の顔を見つめながら右手を延ばして枕許の土瓶を持ち上げた。半平の口のところへ入れて、少しずつ飲ませようとしたがすぐこぼれ出してしまったのである。（飲まない）と思ったので袂で口のまわりをふいていると、半平は大きく開いた瞼を少しずつ閉じてゆくのである。おけいは身構えるように膝を立てて見守っていた。半平の瞼は半分まで閉じて動かなくなったのである。だが、見つめていると、開いている半分の目が少しずつ細くなってゆくらしいのである。（少しずつ、閉じているのだ）と思った。射るようにおけいの片目が見つめていると、半平の目は薄眼を開けているのである。誰かがそばで半平の胸に手を当ててゆすろうとしたので、おけいは（動かしては可哀相だ）と思った。その手を持ち上げて、押しのけるように横へ置いた。半平の顔や頬から汗がわき出るように

玉になって出てきたが苦しいようでもなかった。おけいは半平の汗をふきとりながら見つめていると、半平の目は全部閉じてしまったのである。(えらく長くかかって目を塞ぐものだ)とおけいは思った。ミツが大きい声で、

「お父っちゃん」

と呼んだ。それから大きい声で、

「みんな、名を、呼び返すものだ、早く〳〵」

と云った。ヒサがあわてて、

「お父っちゃん」

と呼んだ。タケもおけいもつづけて、

「お父っちゃん」

と呼んだ。定平が一番後から、

「お父っちゃん」

と呼んだ。それから、

「定平だよ、わかるけ?」

と云った。半平の顔が上下に少し動いたのである。それは確かにうなずいているのだった。(まだ生きていたのだ)と思っておけいはびっくりした。誰もがそう気づいたので、また、みんなが呼び返したが半平はもう、うなずかなかった。

半平が死んだ夕方、土手続きの川しもの「近津《ちかつ》の土手のまがり家《や》」の馬がボコをもった。笛吹橋から石和までの土手道を「近津の土手」と云っていた。まがり家《や》は近津の土手の曲っているところにある家で、道も曲っていたが家中の者の根性も曲っていた。ふだん半平の家を嫉んでいて、半平のことまでを作りごとを云って悪く云いふらしているのである。半平でさえも「あのまがり家《や》」と云って嫌がっていた。ミツが、

「まさか、まがり家《や》の馬に生れ代ったじゃねえらか」

と冗談に云った。定平が怒って、

「馬鹿なことを云うと承知せんぞ」

と云いながら、火箸を二本摑んでミツに振り上げた。

四

暑い夏に、お屋形様の軍勢が信州信濃の川中島へ攻め込んだ。石和の若い衆達は誰でもいくさについて行った。行く時はブドーの実が青い粒だったのに、帰ってきた時は霜にやられてしなびてしまった頃だった。いくさは勝ちいくさだったが、死んで帰って来た者が一人あった。怪我をした者が五人もあったが、帰って来た者達は鼻息が荒く、

「この次のいくさにも、また行くのだ」

と云い合っていた。お屋形様の紋どころの武田菱《たけだびし》の旗ざし物は村ではどの家でもいくさから持って帰って、何時、またいくさに行くにも持ってゆけるようになっていた。旗ざし物のないのは定平の家だけだった。八代のヒサの家でも黒駒のタケの家でも息子がいくさについて行って、持って帰っていた。黒駒のタケも、

「行け〳〵」

と定平にすすめたが、

「おじいやんが死ぬ時に、よせ〳〵と云ったから」

と云って行かなかった。

川中島のいくさから帰ってきて、石和でもオンマ宿をするようになった。オンマ宿というのはいくさの馬の世話をすることで「預けお馬」とも呼んでいた。二日か三日で連れ戻されることもあるし、ひと月も世話をすることもあった。それまでは石和より西の川田までだったが、こんどは石和でもするようになったのである。ギッチョン籠の定平の家でもオンマ宿をすることになって、預けお馬が三匹、はじめて来たのだった。縁の下の四本の丸太棒に板囲いをつけて、そこに入れて世話をした。定平の家の預けお馬は三日目に連れて行かれたが、年の暮になってもまだ連れに来ない家もあった。

「長く世話をした方がお屋形様に良く思われるらしい」

と云う人もあったが、

「そんなこともねえらしい」

と、川田の方では云っていた。

正月早々、お屋形様の二人目のボコ、めくらで生れたボコが今年十六になって笛吹橋へ始めて来ると云うのである。

「お聖道様《しょうどう》がおいでになる」

と云って、八代からヒサも、黒駒からタケも前の日から来ていた。夜が明けそうになる頃から土手は人通りがしはじめた。

「そんねに早くから」

と、定平が云うと、

「遠くから来た人達でよ、夜中から出て来たのさ」

とタケが云った。ヒサも、

「遠くの人は、いつお通りになるかがわからんのさ、この家はこんなに橋のそばだから」

と云っていた。お聖道様は前の日、石和の元のお屋形に泊ったので朝になるとすぐおいでになった。

「来た〳〵」

と、タケが表で声をかけた。定平は、

「えッ、もうおいでになったか」

と、あわてて表へ飛び出すと、土手にはもう大勢が並んで坐っていて息もしないように静かになっていた。ヒサやおけいは、よその人達と一緒に土手に並んでいて、タケだけが一人で家の前に坐っていた。定平はタケの横へ坐って頭を下げていた。遠くからお供の人達にとり囲まれて御駕籠が二ツ来るのが見えた。橋の袂で御駕籠が止って、先の御駕籠から年をとった女の人が出て来た。後の御駕籠から出て来たのがお聖道様で、定平はすぐそれとわかった。手を合せて拝みながらよく見ると、お聖道様《しょうどう》は向うをむいて立っていた。頭の毛が短く、肩のところまでしかなく、怒り肩の太った人だった。お通りは橋を渡って一之宮へお参りに行くのだった。

「拝むような恰好をしながら、わしが覗いたら、お聖道様が目を開こうとしていたぞ」

と、ヒサが云うので定平がびっくりした。

「目が開いたのか？　おばやん？」

と聞いた。ヒサは首を横に劇しく振って、

「開こうとしてなァ、両方の目を吊り上げて白眼《しろめ》をしていたぞ」

そう云うのをタケが聞いていて、

「よくよく目が開きてえずらに」

と云った。

「そうずらに」

と、ヒサが返事をすると、

「こんな風にしたのけ？」

と云いながら、タケが目をふさいで吊り上げるようにして白眼をして見せた。

「よく似ているなァ、そっくりだ」

と云ってヒサは笑い出した。タケが目を開いて、

「この家のおじいやんが殺されて橋のとこへ運ばれて来た時に、白眼を吊り上げていたというけんど、それと同じ目つきを、やっぱり橋のところでしたのだから、おじいやんがさせたのかも知れんぞ」

と云った。定平がタケの肩をつついてブツブツ云っていた。タケはなんのことだか解らないので、

「なんでえ？」

とき返した。

「そんなことを云うとバチが当って、おばやんの目もつぶれるぞ」

と、定平が口をとがらせて云った。お聖道様のお帰りは昼頃だった。

「来た〳〵」

と云って、みんな土手に並んだが帰りは止らずに通ってしまった。昼すぎも、かなりたってから土手を川しもの方から坊さんが歩いてきて橋のところをブラ〳〵しているのであ

る。ヒサが見つけて、

「智識さんが来ている」

と云って定平の肩をつついた。ヒサは表へ飛び出して、その坊さんと何か話していた。坊さんはすぐ土手をしもの方へ行ってしまった。ヒサが家の中へひき返して来たので、

「八代《やつしろ》の双子塚《ふたごづか》の智識さんか？」

と、定平が聞いた。

「そうだ、息子の、若い方の智識さんだ」

とヒサが云って、独りごとのように、

「あの智識さんも変ってる人だなァ、今ごろお通りを拝みに来て、もうお通りはすんだと教えてやったら、ニコ〳〵と嬉しがって帰って行ったよ、変ってる人だなァ」

と云った。定平は腹の中で（智識さんも、息子の方は駄目だなァ）と思った。定平は、親の方の智識さんは見たことがあるのだが息子の方は見たことがなかったのである。

「双子塚の智識さんも親ほど偉くねえなァ」

と、定平はブツ〳〵云った。ヒサが、

「今のおじいさんの智識さんも、今年は八十いくつかで、ボケてしまったそうだよ、昔は有名な偉い智識さんだったというのに」

と云って笑った。お聖道様のお通りがすんだので、ヒサもタケも帰って行った。タケは

帰るときに、家を出たがまた戻って来て定平の耳に口を寄せて、

「おけいやんにボコが出来んわけを知ってるか?」

と、早口に云うのである。定平が黙っていると、また、

「教えてやれか、嫁に来る前に、ボコを姙んで、無理をして堕ろしたからだというぞ」

と云ったのである。定平が呆気にとられていると、またつづけて、

「よくよく、無理にひっぱり出したずらに、腹の中の道具がぶッこわれてしまったというぞ」

そう云いながら定平の背中へ手をまわして、ぽんと叩いて笑うと、また云った。

「こんど、八代から黒駒へ嫁に来たひとが教えてくれたぞ」

タケはこのことを云うために、わざわざ家の中へ戻って来たのだった。云い終ると逃げ出すように帰って行った。

夕方、暗くなるまで定平は縁の下の馬小屋の前にしゃがみ込んでいた。おけいが、

「飯《めし》でごいす」

と声をかけても上って来なかった。(預けお馬も今はいないのに? あんなところで何をしているずら?)と、おけいは変に思ったので横をまわって下りて行った。定平のそばへ行くと、定平は黙って上へ行ってしまうのである。それから定平は一人で飯を食いはじめたのだった。それも、少し食べただけですぐやめてしまったので(何か気に入らないこ

とがある）とは思っていた。（ふだん気むずかしいたちだから、時々こんなこともあるのだから）と、おけいは思っていた。まさか自分のことを怒っているのだとは思いもしなかった。

その晩、寝る時になっても定平は寝る様子がないのである。何か考え込んでいる様子なので、なんとか云い出したいと思っていた。だが、なんとなく気味が悪いような気がして云い出すことが出来なかった。おけいは川の音が妙に耳についてきた。定平も坐り込んだままだし、おけいも坐ったままだった。いつのまにかおけいは、うと〳〵と居眠りをしていたのに気がついた。あわてて、

「さあ、寝やしょう」

タスキをはずそうとしながらこう云うと、定平は始めておけいの方をむいたのである。おけいの顔を穴のあくほど見つめていたが、突然、

「手を出して見せろ」

と、妙なことを云い出したのである。おけいはタスキをはずすのをやめて、云われる通りに右の手を出した。

「両方出して見せろ」

と、怒鳴るようにまた云われたのである。恐る〳〵おけいは両手を出すと、定平が、

「いくらムジナが化《ば》けても、ムジナじゃ腕に毛が生えてるけど」

と云って、また、

「てめえの腕にゃ……」

と、ブツ〳〵云うのである。（何を？　急に、ふざけたようなことを云い出すのか？）とおけいは思ったが、ふざけて云っているのではないとすぐ気がついた。定平の目つきが普通ではないのである。（嫌なことを云う）と思った。右手で左の腕をさすりながら、片目だけだが右目に力を入れて定平の様子を伺っていた。定平はまた云うのである。

「しらばッくれて、知らんと思って」

おけいはあまり嫌なことを云われるので口をとがらせて、

「何をでごいすか？」

と聞いたが定平は黙ったままである。おけいは頭の中がぐらついてしまった。嫁に来てから始めて定平に文句を云おうとしたのである。

「わしが、何か？　悪いことでもしたというわけでごいすか？」

と云った。定平はいらだって云い出した。

「てめえに、ボコが出来んわけがよく解ったぞ、よその人が教えてくれたヮ」

おけいはびっくりした。右手で左の腕をさすりながら、細い片目だが横目で射るように定平の様子を伺っていた。定平はせき込んで云うのである。

「嫁に来る前に、てめえは、ボコを姙んで、無理に堕ろして、それでボコがもてぬように腹をこわしてしまったというじゃねえか」

そう云って、定平は凄い目でおけいを睨んで向うをむいてしまった。おけいは右目で左の方にいる定平を横目で見ていたが、急に右側の表の板戸の方へ目をそらせてしまった。口をとがらせて左の腕をさすっていた。定平も黙っているし、おけいも黙っていた。かなりたってからおけいは、

「お暇《ひま》をいただきやす」

と云って頭を下げてしまった。定平はこっちをむいて凄い目をしながら、

「今夜だけは泊めてやるから、あしたの朝になったら早く帰《けえ》れ」

そう云うと、すぐ向うをむいてしまった。おけいは黙って坐っていた。少したつとタスキをはずした。立ち上って、西側の板の押入れの奥から着物をとりだした。よそゆきの着物に着かえて、今まで着ていたのをたたんだ。タスキも丁寧にまるめて持物を風呂敷に包んだ。それから髪をとかして立ち上った。入口の上り口のところへ行って、振りむいて坐った。定平の方へ手をついて、

「長いこと、お世話になりやした」

と云って頭を下げた。それから、藁草履をはいて表の戸を開けると外へ出て戸をしめた。歩き出して、後を振りむきもしないで早足で行ってしまった。

あしたの朝早く、ヒサが八代から来た。

「定平〳〵」

と、大声を出して戸を荒く叩いた。定平はヒサの声だとすぐわかったので黙っていた。だが、ヒサは戸をガタ〳〵させて、はずしてでも入ってくるらしいのである。定平は起き上って、戸の押え棒をはずすと、ヒサの方で荒く戸を開けてしまった。家の中へ入りもしないで定平の顔を見ると、

「てめえは、えらいことを云ったなァ」

と、食ってかかるように云い出した。定平は返事をするのも嫌だったので黙っていた。ヒサは表に立ったまま、また、

「誰があんなことを云ったのだ」

と、怒り出した。定平は落ちついて、

「黒駒のおばやんがあかしてくれたワ」

と云った。ヒサがせき込んで、

「よし、きっと云ったな、本当だな」

と云った。また、

「さあ、黒駒へ一緒に行って、そんなことを云ったか、云わんか聞きに行かざァ」

と云うのである。定平が大きい声を出して、

「てめえが勝手に行って聞いてこい」

ば」

と云うと、ヒサは早口で、

「そんなことを云うわけがねえ、てめえも一緒に行って、てめえのいる前で聞かなければ」

と云うのである。定平は怒りだして、

「それじゃァ、一緒に行かざァ、俺が嘘を云ってると思うのか」

と云いながら草鞋を履きだした。ヒサは身なりもよそゆきの仕度をしているが定平は寝ていたままの恰好で外へ出た。

「そんなことを云うわけがねえ」

と、ヒサは云いながら歩いた。タケの家の横へ行ったら、タケは家の中にいて、外からでもすぐ見えるのである。

「ねえやん」

とヒサが声をかけると、タケは、

「あれ！」

と云って外へ飛び出してきた。ヒサはタケの肩のところを摑んで、ひっぱるように南天の垣根のかげにタケを連れてきた。定平を目の前にしてヒサが聞いたのである。

「おけいやんが嫁に来る前に、ボコをもったということを云ったか？」

タケは目の前に立っている定平の顔を盗み見るような目つきをしながらヒサに向って、

「ああ、云ったよ」

と云った。ヒサはびっくりして、

「誰がそんなことを云ったか？　誰にきいた？」

と、喧嘩のように云いながらタケのそばへ寄って行った。

「その家の嫁が云ったよ」

と、タケは云って道の前の家に指をさした。ヒサは間髪を入れず、

「あの家の嫁は誰から聞いた？」

と騒ぎ立てるように云った。

「誰から聞いたか？　そんなことを知るものか、あの家の嫁は八代から嫁に来ただよ、十日ばかり前に」

とタケが云った。ヒサはびっくりしたが首を傾《かし》げて、

「この頃、八代から黒駒へ嫁に来た人はねえ、そんなことは聞いたことがねえ」

と云ったが、すぐ自分の尻を叩いて、

「そうだ、こないだ岡から黒駒へ嫁に行った人があるというけれど、この家へ来たのけ」

そう云って、ヒサもその家へ指をさした。それから、がんばるように云った。

「よし、そのひとがそんなことを云ったなら、その人を、ここへ呼んでくりょォ、誰からそんなことを聞いたのか」

タケは落ちついていた。

「まあ、こんなところで立ち話も出来んから、家の中へ入らんけ」

と云ってヒサの袖を引ッ張ったが、

「ここでいいさ、ここへ連れてきて、定平の前で聞いてみるから、今すぐにここへ連れてこォ」

そう云って動かなかった。タケは急いで向う側へ走って行った。でかい声で家の中へ、

「こんど来た嫁さんいるけ？」

と呼びかけた。それから少したって、

「ちょっと来てくりょ、早く〳〵」

と云った。タケの言葉は聞えるが家の中で答える声は聞えなかった。タケはすぐに帰って来て、

「今、すぐ、ここへ来るから」

と云った。向う側の嫁はすぐ出て来た。

「なんでごいすか？」

と云ってそばへ来たが、ヒサと定平がいるので二人の顔を眺めまわしていた。タケが、

「こないだ云った、石和へ嫁に行ったひとがボコをもったということだけれど、誰から聞いたのでェ？」

と聞くと、その嫁は平気な顔をして、

「あれ、あのことけ、誰にきいたかッて？　そんなことは誰でも知ってるでごいすよ、知らない者はないくらいでごいすよ」

と云うのである。ヒサが横から、

「わしも八代だけど、わしはそんなことは知らんよ」

と、そっぽをむいて云ったのである。その嫁は不思議そうな顔をして、

「あれ、村では誰でも知っていやすよ、嫁に貰った方の家でも知っているという話でごいす」

と云うのである。ヒサも定平も目を丸くして驚いてしまった。その嫁はつづけて、

「岡から笛吹橋のそばへ嫁に行った人と云えば、そのことを知らない人はねえ筈だ」

と云った。ヒサが聞き返して、

「岡から嫁に行ったのけ？」

と聞くと、

「ええ、こないだ……」

と、その嫁は云うのである。

「こないだ？」

とヒサは聞き返して、

「あは、、」

と声を出して笑い出してしまった。定平に向って、

「こないだだと、こないだ岡から石和へ嫁に行ったひとがあるかい？」

と聞いた。定平は頭の中がボーッとしてしまった。ヒサがつづけて、

「嫌だなァ、こないだ嫁に行ったひとのことを云ってるだよ、おけいやんのことじゃねえ」

と云って、呆れてその嫁の顔を眺めた。

「家は知らんけど、笛吹橋のすぐそばの家だというけど」

と云って、その嫁は不服そうな顔をしているのだった。ヒサはまた定平に云った。

「こないだ、岡から石和に嫁に行ったひとがあるら、知らんか？　知らなきゃ教えてやる、近津《ちかつ》の土手のまがり家《や》へ、岡から嫁に行ったのだぞ、そのひとのことだぞ、そんなことを知ってるのは岡の村の人達だけだ」

定平はまた驚いた。それで思いついたのだが、まがり家へ八代から、十日ばかり前に嫁が来たのである。ヒサはすぐにそれを思い出したが、すぐ云わないで定平に聞いたりしていたのである。ヒサはこんな馬鹿げた間違いで大騒ぎをしたので腹がたってしまったのだった。

「わしも、今、話をしているうちに気がついたのだけど」

そう云って、つばをのみ込んで、

「嫌だよう、いまごろ、おけいやんは十五で嫁に行って、今年は三十四だ、二十年も前のことなどと間違えられて」

と、怒って云った。そうするとタケがその嫁の胸を指でつついた。それから定平の背中へ手をまわして、叩いて、

「馬鹿だなァ、二十年も前のことと間違えられて」

と云って笑うのである。その嫁も嫌な顔をして、

「嫌だよう」

と云いながら道の向うの自分の家へ帰ってしまった。タケがその嫁の後姿に指をさして、

「あの嫁は馬鹿だなァ、何を云うかわからん嫁だ」

と云って、右手の小指を一本だけ出した。ヒサに小指を見せて、

「あの嫁には、これがあるというぞ」

と云うのである。小指を一本出すということは情婦があるということである。ヒサは、

「あの嫁には、いろおんながあるのけ?」

と云って、びっくりした。タケが、

「バカ、隠し男があるという噂だ」

と云った。ヒサは、

「あれ嫌だよう、小指など出して、男があるという時はこうするのだよ」

と云いながら右手の親指を蛇の鎌ッ首のように突き立てて見せた。タケが笑って、

「そうだ、これがあるのだ」

と云って、やっぱり親指を鎌ッ首のように突き立てて見せた。それから定平の顔を眺めながら、

「あんな嫁の云うことは、何を云うのか、当てにならんという噂だ」

と云って笑った。定平は気がぬけてしまって、身体が重たいようになってきた。ヒサは嬉しがって八代へ帰って、すぐおけいが帰ってきた。帰って来てからおけいは橋の袂に立って甲府の方を眺めてばかりいた。家の中にいても甲府の方を眺めているのである。定平は気にもとめなかったが、飯を食いながらもおけいは甲府の方に気をとられていて、土瓶をひっくり返してしまったのである。飯を食った後で、湯を飲もうとした時だったので定平もちょっと腹を立ててしまった。

「お前《まん》、この頃、首がどうかなったのか？」

と、嫌がらせのように云ったが、おけいは黙ったまま下を向いて、こぼれたところをふいていた。

「今、すぐ湯をわかしやす」

そう云って、もしきを持って来た。いろりの側に坐って、もしきを持ったままおけいは云い難そうに下を向いて、

「わしゃ、西山の湯へ行かせてもらいてえよう」

と云った。定平が黙っているとおけいはまた、

「わしゃ、ボコが欲しいよう、西山の湯へ行けばボコが出来るかも知れんから」

と云うのである。定平はおけいが甲府の方ばかりを眺めているわけが始めて解ったのだった。（甲府の方を見ていると思ったら、西の空を眺めていたのだ）と思ったので、

「行って来ればいいじゃねえか、ひと月ぐらい」

と云うと、おけいはにっこりして、

「ようごいすかねえ」

と念を押した。下を向いたまま、

「わしゃボコが欲しいよう、ボコがねえからあんなことを云われて、いやだよう」

と云った。また、

「ボコがなきゃ困るよう」

と、くどく云うのである。定平は教えるように、

「行けばいいじゃねえか、おじいやんも死ぬ時に、西山の湯へ行け〳〵と云って死んだじゃねえか、お前《まん》が湯が嫌えだから、俺もすすめなかったのだヮ」

そう云うとおけいは、細い右の目を、つむるように細くして嬉しそうだった。

おけいが西山の湯へ行って、ぶッ倒れたという知らせがあったので定平は飛ぶように家を出た。朝行っても晩までかかる程遠いのだが、夕方知らされて夜道を走って、次の日の昼すぎにはおけいを馬に乗せて帰ってきた。家には預けお馬が二頭あって、八代のヒサの息子の虎吉が馬の世話をしてくれていた。おけいは家の中へ入ると虎吉に、

「馬鹿をみたよう、西山の湯へ行って湯当《ゆあた》りがして」

と云った。虎吉が、

「湯が性《しょう》に合わなんだずら」

と云うと、定平が、

「なんぼなんでも、朝ッから晩まで湯へ入《へえ》り通しじゃ、ぶッかるのも当り前《めえ》だ」

と怒ってるような云い方をした。

おけいは帰って来るとすぐ元気になった。云うことが変って、

「わしゃ、ボコが生れちゃ困るよう」

と云うのである。虎吉はずっとギッチョン籠に泊りきりになっていた。おけいは十三になる虎吉に、

「この家のボコになってくれればいいよう」

と、時々云った。虎吉はおけいをからかって、

「あんねに、ボコを欲しがったくせに」

と云って笑っていた。

年があけて、おけいは云うことが変った。

「ボコが欲しいよう」

と、云い出したのである。虎吉が縁の下の馬小屋の所で上に向って、

「こんどは欲しくなったのけ？　おばやん」

と云ってからかった。おけいは裏側の手すりに寄りかかって草鞋をないながら、

「去年ボコが出来れば困るけんど」

と云った。虎吉は変に思ったので背のびをして、

「なぜ、去年ボコをもてば困るで？」

と聞いた。おけいはひとりごとのように、

「困るさよォ、西山の湯へ行って、よそのボコを姙んできたなんて云われるかも知れんから、また何を云われるかも知れんから」

と云った。それから声を大きくして、

「こんだァ、いつ腹がでかくなってもいいさ」

と力むように云った。西山の湯へ行ってから働き者のおけいはもっと働き者になった。籠を片方の肩にぶらさげて、鎌を持って、土手を駈け下りて、今行ったかと思うとすぐ籠

一杯馬の草を刈って来た。草を刈るときも、掃除をするときも「舞を舞う様だ」と虎吉が云う程だった。その年の終りに思いが叶っておけいは妊んだのだが、妊むと病身のようにのろまになってしまった。三十五で始めてボコをもったのだが臨月になった数え日になっても生れないのである。

「腸満《ちょうまん》じゃねえか?」

と、定平は気を揉んだが、

「なに、腹の中で動きやすからボコでごいす」

と、おけいは嬉しそうに笑っていた。それから四、五日たった朝早く、おけいは定平に、

「いよ〳〵、下ッ腹が痛くなりやした」

と云ったのである。定平はパッとはね起きて、表の入口へ行って桑のもしきをバリバリとくじいた。かまどの下に入れて火をつけて、釜を持ち上げると中の米をザルにあけた。橋の方へ飛び出したかと思うと釜に水をくんできた。かまどにかけて、

「間に合ったか?」

とおけいに云った。

「何をでごいす?」

と、おけいが聞くので、

「産湯が沸くまで間に合うか？」

　と心配そうに聞いたのである。

「あれ、いやでごいすよ、湯などそんねに急がなくとも、さっきは腰のまわりが痛かったけんど、もうよくなったでごいす」

　と云って、おけいは平気そうである。定平は安心して鵜飼堂のそばの「取り上げ婆ぁさん」を迎えに行った。取り上げ婆ぁさんを連れてきて、虎吉と四人で朝飯を食べ終ったがおけいの腹はなんともないのである。

「今夜か、あしたの朝でごいすよ」

　と、取り上げ婆ぁさんは云ったが、それまでついていてくれると云うのである。昼頃、おけいは橋の下でモチ米をといでいると橋の上からまがり家のおばさんに、

「うちの勝の奴を知っていやすか？」

　と声をかけられた。まがり家の勝やんと云えば、去年、八代の岡から嫁を貰ったまがり家の一人息子のことだった。酒呑みで、仕事が嫌いで、乱暴で、村の嫌われ者だった。おけいは勝やんがどこへ行ったか知らなかった。

「知らんけんど」

　と橋の下で云うと、まがり家のおばさんはひとりごとのように云った。

「今朝早く家を出たが、どっちへ行ったずらか、石和の方へ行ったずらか？　一之宮の方

へ行ったずらか?」

おけいに尋ねるようでもあるのだが、おけいはどっちへ行ったか知らなかったので黙っていた。まがり家のおばさんはまたひとりごとのように、

「今朝早く家を出て行ったが、困るよう、わしの着物を持ち出して行って」

と云った。また、

「売ッ払ってしまうのだ、またわしが後から行って買い戻さなきゃ」

と、ブツブツ云っていた。おけいが洗った米をザルに入れて土手へ上って行くと、まがり家のおばさんは橋の手すりにもたれていた。ザルの中の米を覗いて、

「今頃、米をとぐのけ?」

ときいた。おけいはザルの中の米を見せるように出して、

「モチ米でごいすよ、今夜あたりボコが生れるかも知れんから、オコワ飯でもと思って」

そう云うと、まがり家のおばさんが、

「ボコなど、もっても役には立たねえもんだ、わしなど、ボコなんぞ、もたなきゃよかったに、ボコなど、もっても、もたなくても同じことでごいすよ」

と、おけいの大きい腹を見ながら、馬鹿にするような云い方をして云うのである。家の中の定平にも聞えて、定平が入口へ姿を見せてこっちを睨むような目つきをしていた。おけいが家の中へ入って行くと定平は口の中で何か云っていた。取り上げ婆ぁさんが、

「あのまがり家の息子みたいなボコが生れるものか、どこを尋ねても、あんな息子は類がねえ悪玉だ。この家などには、いいボコが生れるに決っているさ、うまく男のボコが生ればいいが」

と云ってくれるのである。

「男だって、女だって、どっちだっていいさ、ボコさえ生れれば、欲は云わんでごいす」

と、おけいは云った。

昼すぎ、表の板戸のところで大きい音がした。「バタン」という音で、誰か戸にぶッつかったような音だった。おけいが表へ出たが誰もいないのである。

「誰もいないか？　確かに誰か来たようだ」

と、定平も云って立ち上って見たが、また坐ってしまった。

その晩、おけいはボコをもった。男で、死んだ半平にそっくりだったが目だけは似ていなかった。田螺《たにし》のようにでかい、するどい目つきだった。取り上げ婆ぁさんが、

「気性の張ったボコでごいすよ」

と云っていた。朝になって、「智識さん」と呼ばれていた八代の双子塚の住職が、昨日の昼すぎに死んだことを定平は知った。今年八十九で、頭は霜を置いた様に白く、一尺もある長いあごひげのある坊さんだった。親子三代の智識さんが同じ家に住んでいて、近在の者達から智識さんと敬われていた人だった。

「双子塚の方丈《ほうじょう》さんも死んで、智識さんも二人になってしまった」

と、定平は残念そうに云った。それから、

「昨日、昼頃、死んだそうだが、この家へ、このボコに生れ代ったのだ」

と云った。またつづけて、

「魂《たましい》は昨日抜けて、あそこの入口のところへ来たのだぞ、誰か来たような音がしたが、智識さんの魂が来たのだぞ、有難てえことだ」

そう定平は思っていた。ボコは惣蔵という名をつけて、おけいより定平の方が敵の大将の首でも拾ったように大事にした。怒りっぽい気性の定平も、気むずかしいことも少なくなって、人が変ったようになった。

五

惣蔵が二ツになった初午《はつうま》の日、近津の土手のまがり家の息子の勝やんがでかいことをしたのである。信州信濃の善光寺の御本尊をふところに入れて、自分だけが馬に乗って、善光寺の坊さんを十人もひき連れて帰って来たのだった。勝やんは勝手にそんなことをしてしまったのでお屋形様の人達もあわててしまったという噂だった。とにかく、えらいことになったので御本尊をどこへ置くかもきまらないような騒ぎだった。勝やんはお屋形様へ御本尊を届けると、家へ帰っておとなしくしていた。

甲府のすぐ東の板垣に善光寺を建てることになって「普請を始めた」ということを聞いた時、勝やんは、

「あの御本尊は俺の物だ、俺が持って来たのだから、俺にも知らせないで御本尊の家を建てるなんて、俺の物だのに」

と云って村の人達に怒っていた。だが、

「普請が仕上ったら、お祭りでもして、その時には褒美もくれるだろう」

と、威張ってもいた。

その夏の大雨に笛吹川は出水して川の瀬が変った。笛吹橋の袂から石和の西を廻って川田の境を流れて本瀬となり、元の川は広い河原になって、流れも小川のようになってしまった。笛吹橋も流されたが「何時、瀬が廻るかわからない」と云われていた。河原の上に低い、せまい橋をかけて、「こんどの笛吹橋は長い橋だなァ」と誰もが云ったが長さは前と同じだった。ギッチョン籠は元の川と新しい瀬の境となった。笛吹橋から石和までの間は二筋の川に囲まれて島になった。そこを、通る人達は川中島と呼んだ。去年、お屋形様の軍勢が信濃の川中島で戦って、えらい苦労をなめた土地の名はいくさから帰った人達の話の種だった。その川中島と同じ場所が石和に出来たのだった。川中島の方が通り道になって、近津の土手は遠まわり道になってしまったのである。

「近いから近津の土手と云ったけれど、こんどは遠曲《まが》りになってしまった」

と云ったが、近津の土手はやっぱり近津の土手と誰もが呼んでいた。

笛吹の洪水には定平だちは甲府のミツの家へ逃げた。生憎、預けお馬が五頭もあった。

「預けお馬に荷をしょわせて、馬を弱くさせた」

と云われては困るので、おけいは惣蔵をおぶって定平が荷をしょって、馬はみんな空馬《からうま》で逃げた。甲府も凄い大水でミツの家も、裏の釜無川が荒れて危いぐらいだった。帰って来ると橋は流れたがギッチョン籠は流されなかった。家の入口に、姙み女の死体がつッ掛かっていて、土手へ寝かせて莚をかぶせておいたが死骸の引き取り手が来ないのである。

「俺家《おらん》で埋《い》けてやらざァ、家中流されて死んだずら」

そう云って定平が自分の家の墓のそばへ埋けてやった。初霜がおりた朝、法螺貝の吹く音が聞えると、諸所のお寺の鐘も鳴り出した。預けお馬を引ッ張り出して、石和の元のお屋形まで連れて行く知らせの早鐘だった。定平は飛びおりるように縁の下の馬小屋へ行った。預けお馬を五頭、土手の上まで連れ出した時はもうおそいぐらいだった。どの家でもお馬を出して駈けて行くのである。定平は五頭つないで、先の馬の口をとった時、石和の方からお屋形様の軍勢がこっちへ来るのを見たのである。橋を渡って坪井の方へ行くのだった。

「いくさはすぐそこだ」

と云う声をききながら定平は石和のお屋形の門まで行った。お屋形様の軍勢はすぐ帰ってきて、

「いくさは終った」

と云うことだった。お屋形様に背《そむ》いて、郡内から山を越して攻めて来たのだが、お屋形様の軍勢が行ったらひとたまりもなくやられてしまったということだった。家へ帰ったらおけいがいくさの様子を知っていた。

「お屋形様の伯父さんという人が、勝沼あたりで背いたということでごいす」

とおけいが云うのである。定平は、

「郡内から攻めて来たとも云うし、いろいろ云うけんど」

と云った。それから、

「俺がかなり早く駈けつけたと思ったのに、おそい方だった。よその人は早く駈けつけるもんだなァ」

と、定平はブツブツ云った。預けお馬はまた家へ連れてきたのであるが、夕方、五頭のうちの一匹がボコをもった。

「いくさに行かなんでよかったなァ」

と、おけいが親馬に云うと、

「姙んでるのに、引ッ張り出して、法螺貝の音でびっくりして、早く出てしまったずら」

と、定平はおけいに云った。預けお馬がボコをもったことを石和のお屋形へ知らせに行ったら、定平は怒られてしまったのだった。いくさが終ったばかりで騒ぎもまだ納まらないらしいのである。うるさがられたようでもあったので、後で来た方がよいと思った。帰って来ると村の人が、

「ひょっとしたら、子馬はくれるかも知れんぞ」

と、話し合ってるのである。定平の家には今まで自分の家の馬というのはなかった。もし、子馬はくれるということに決まれば有難いことだった。定平も、

「子馬はくれるかも知れんぞ」

と、おけいに云ったりした。後でお届けに行ったら、「世話をしていろ」と云われただけで、連れにも来ないいし、くれるとも決めてくれないのである。おけいも、

「子馬はくれるかも知れやせん」

と云っていた。

その年、お屋形様の晴信様が信玄様と名を変えた。石和の元のお屋形は「石和のお陣屋」と呼ぶようにもなった。いくさは先代の時より強くなって、遠い国からでも「頭を下げて来る」ということも村の人達が云っていた。

「どこといくさをしても大丈夫だ」

と、誰もが云って、

「いくさに行かん奴は不具《かたわ》だ」

そう云って、みんないくさについて行った。定平より年が上でもいくさについて行く者があったが定平は行かなかった。

預けお馬のもった子馬もかなり太《ふと》った。この年から「馬のお祭り」をすることになったのである。

「去年馬の年だから、去年からするわけだったが、今年からすることになった」

と、村の人が云っていた。馬を飾って一之宮から甲府のお屋形様の前まで行くのである。一之宮から甲府までの道筋の家では、馬がある家ではどの家でも馬を出した。馬の背中へ着物を着せるように飾って、馬を揃えてお屋形様に見て貰うのである。

「お祭りの馬に着せる着物を貸せば、着物がふえる」

と、みんなが云い出して、若い女だちはよそ行きの着物を出して使ってもらった。馬の口をとる若い衆までが女の着物を着たりした。笛吹橋はお祭りの馬の通り道だったので土手は人が出た。八代からヒサの家中の者も来たし黒駒からタケの家中の者も来た。行った馬が帰るまで土手は賑やかだった。帰りの馬は揃って通って馬のお祭りは終ったのである。みんな帰ってから、おけいは腹の中に二人目のボコが出来たことを定平に話したのだった。

その晩、土手の向い側で何か騒ぐような気がするので定平が出て見ると西の空に篝火が立ち昇っているのを見たのである。

「でかい火事だなァ、甲府だぞ」

と云うと、おけいも出て来てうしろから、

「一軒や二軒じゃねえでごいす」

と云った。それから、

「まさか、山口屋が焼けてるじゃ？」

と云うのである。定平は方角をよく見たがミツの家よりかなり南にそれていた。

「お母ァの家はずっと北の方だから」

そう云って定平は安心していた。その晩おけいは寒気がした。火事を見て怖ろしくなったからでもあるが不思議に胸さわぎがしたのである。定平は気にしなかったがおけいの片目だけは確かにミツの家の方角だと思ったのである。定平だちは朝になって、甲府の山口屋が焼き打ちをくったのを知ったのだった。

「夜の火事は方角がわからん」

と、定平は云うだけだった。その外には何も云わないのである。定平は甲府の方を見ることが出来ない程、気を落してしまったのだった。また、何か云ったりすると「この家も焼き打ちをくうぞ」と云って、おけいにも何も云わせないでいた。だが、おけいの片目は西の空を睨んでいた。山口屋はお屋形様の軍勢にとり囲まれて家中皆殺しにされたのだった。八代からヒサがこっそり来た。

「お父っちゃんが死ぬ時に云ったじゃねえけ、お屋形様の人達に嫉まれているから、早く家を小さくしろと云っていたじゃねえけ」

と、ヒサは云って外には何も云えないのだった。ヒサもふるえ上っているだけだった。黒駒からタケが来て云うには、

「ミツ姉やんは焼き打ちをされるぐらいのことは、うすうす気がついていたさ、ずうずうしいたちだから焼き打ちをされたのさ」

タケも怖ろしがっていて、お屋形様を悪く云うなどとは思いもしなかったのである。定平は何も云わなかった。ただ、甲府へ嫁に行かなければよかったということしか頭に浮ばなかった。おけいは、

「お大尽《でえじん》になりすぎたでごいす、お屋形様よりお大尽になったというから」

と、何回もくりかえしていた。

年があけて元日の朝、暗いうちに表の戸を小さく叩く音がするのである。

「なんだかゴト〳〵するようだけんど」

と云って、定平が戸を開けると薄汚い四十がらみの女が立っていた。黙って立っていて戸を開けると、すーっと入って来るのである。

「誰だ?」

と、定平が云うと、

「タツだよ」

と小さい声で云った。定平はハッと胸をつかれて、すばやく入口の戸をしめた。それから、

「生きていたのか！」

と云って呆れ返った。タツはミツの娘で定平とは父親は違うけれども妹である。ミツの家が焼き打ちをされた時に死んでしまったと思っていた妹のタツだった。定平は呆れ返るというより幽霊が出て来たように驚いた。タツは上り口に腰をおろして、

「あの晩、わしは娘のノブと一緒に逃げただ。助かったけんど、運がいいッて云うか？悪いッていうかわからんさ、今まで乞食のようにして隠れていたけんど」

と云った。それから身体をふるわせて、

「恨みを晴らすのだ」

と云った。定平はぎょっとした。タツが生きていたということさえ考えもしなかったのだった。死んだ者が出て来た程驚いているところへ、お屋形様を相手に恨みを晴らすという考えもしなかったことを云っているのである。

「バカ〱」

と云って、定平はタツの口を手で塞ごうとした。それでもタツは、

「この家のおじいもお屋形様に殺されたのだ、わしは親も妹も娘も殺されてしまったのだ、こんな姿になっても、かたきを打ちたいから今まで生きていたのだ」

と、目を光らせて本気で云っているのである。

「バカ、そんなことを、気は確かか？」

と定平は云い放った。だが、タツは、

「見ていろ、わしは女だけんど、どんなことをしても恨みを晴らして見せるから」

と、力んで云うのである。定平は目の前に立っているタツの顔を見ているうちに、その顔がミツに似ているのに気がついた。ミツが生きていて、ここへ現れたのだと思う程、声まで似ているのである。そればかりではなかった。身体をふるわせて、目を光らせていらだってる様子はミツが怒る時と同じである。（顔も似ていれば根性の奥底まで似るものだ）と定平は思った。そうして（これは駄目だ）と思った。ミツのような気性はどうすることも出来ないのである。お屋形様に刃向うなどということは出来るものではないのである。止めさせなければならないのだが、この様子では（どうしようもない）と思った。定平は腕をくんで、

「生命《いのち》があっただけで、よかったじゃねえか」

と云った。それから、

「今まで、どこにいた？」

と聞いた。

「どこッて、当てもなく、乞食のようにしていたさ、娘のノブと一緒に」

と云うのである。

「ノブは今どこにいるのだ」

と聞くと、

「ずっと、しもの方に」

と云って、タツは笛吹の川しもの方へ指をさした。おけいも起きていて、タツのすぐそばに坐っていた。片目でタツを横目で見つめながら右手で左の腕をさすっていた。定平は（とにかく、当分の間、タツとノブをこの家のどこかに隠しておこう）と思った。

「早く、ノブも連れてきて、この家に隠れていれば」

と、定平が云い出すと、

「いや、わしはすぐ帰るよ、ノブを一人で残してきたから」

そう云うとすぐ立ち上った。おけいがあわててタツの両腕を摑んだ、押えるようにして止めたが、タツは、

「こんど、時々来るから」

と云って、入口へ行くと振りむきもしないで表へ出てしまった。出て行くと土手を川しもの方へ行ってしまった。定平が後姿を見送っているとおけいがうしろから、

「あのお大尽《でえじん》のタツやんが、頭にあんなにシラミが……、わしだちょり」

　そう泣き声を出して目をおさえていた。二、三日たって定平は八代へ行った。ヒサの家へは寄らないで双子塚の定林寺へ行ったのだった。二代目の智識さんに逢いたくて行ったのだが親の方は留守で息子の智識さんしかいなかった。（息子の方じゃ）とがっかりしたが逢ってくれるというので、庫裡の横へ廻って行くと若い方の智識さんは向うをむいて何か書き物をしているらしいのである。廊下の手前で土の上に膝をおとして、

「あの……」

　と定平は声をかけた。智識さんはこっちを向いてちょっと笑い顔をした。その顔を見て定平は（心配ごとを聞いて貰いたくて来たけんど話をしても駄目だ）と思ったが、話すだけはと思った。

「あの……、わしの総領はこのお寺の先代の智識さんが生れ代ったのだけんど」

　と云って顔を上げて見ると、若い智識さんはまた笑い顔をして見せるのである。定平はその顔つきで（話を聞いてくれるらしい）と思ったので話を続けた。

「わしの妹のタツのことだけんど、お屋形様に憎まれて、去年焼き打ちをされて家中殺されてしまったけんど、タツは娘を一人だけ連れて逃げたけんど、どうしたらようごいすか？」

　ときいた。

「今、生きているのかい？」

と、智識さんは聞き返したのである。

「へえ」

と定平が云うと、智識さんは向うをむいて何か書いているらしいのである。さっき書き物をしていたけど、そのつづきのことをしているのかと思ったら、書いたものを別の紙に包んで定平の前へ持って来た。

「これを持って、アヅマヤさんへ行けばいいから」

と云うのである。

「鎮目《しずめ》のアヅマヤさんでごいすか？」

と聞き返すと、

「そうだ、逃げてきた妹が持って行けばいいから、お前《まん》など行かなくていいから」

そう云うので定平は手を出して受取った。

「それを持って行けば、アヅマヤさんで妹を置いてくれるから」

と智識さんは云うのである。定平はびっくりした。タツの住むところが見つかったのである。乞食のような暮しだけは助かったことになったのだった。涙の出る程嬉しくなって定平は何度も頭を下げて家へ帰ってきた。その書きつけを大事に仕舞っておいて、タツの来るのを待っていたがタツは来ないのである。

「これからは、時々来るから」

と云ったのに来なかった。

春になりそうな暖い日におけいは二人目のボコをもった。定平は土手へ産湯をあけて、枯草の間に立ち上っている湯気を見ていた。枯草の下には草の芽が揃っていた。ボコは男で安蔵《やすぞう》という名をつけたが、

「死んだ甲府のおっ母ァに似ている」

と、おけいは云うのである。ミツに似ていると云われることは嫌《いや》だった。四ツになる惣蔵をおぶって、

「こんどのボコは八代へ似ている」

と定平は云った。ミツに似ればタツの様に根性まで似て困ると思ったからだった。

おけいが安蔵を初めておぶった日だった。預けお馬のもった子馬を石和の陣屋へ連れて行かれてしまったのである。

「くれると思って、俺家《おらん》の馬だと思っていたに」

と云って、おけいは連れて行かれてしまってからあわてた。

「お届けに行ったら、うるさがられたから、くれると思った」

と定平も云うだけでどうしようもなかった。

「どこへ連れて行かれるずら？」

と云って、笛吹橋の袂で、連れて行かれた後を見送りながらおけいが涙をこぼした。その後で定平は北の方へ右手の親指をさして、

「あれが、わかったかも知れん」

と云って真っ青になった。十日ばかり前、夜中にタツが来たのである。智識さんの書きつけを渡したが、そのことを石和の陣屋の人達に知られてしまって、定平の家は陣屋の人達に憎まれてしまったのではないかと思ったのだった。ミツの家の生残りの者が尋ねて来たということはお屋形様に憎まれても仕方がないことだった。子馬を連れて行かれたことは定平の家が憎まれている証拠だとも思えるのだった。二、三日たってから定平はアヅマヤさんへ行って様子を見て来た。だが、

「アヅマヤさんへ置いて貰ってることなどは誰も知らんらしい」

と云って定平は安心した。遠くから、お神楽殿《かぐらでん》の横から見ただけだが、タツもノブも変った様子もなく一緒にいるのを見てきたのだった。

「娘のノブの顔も見てきやしたけ?」

と、おけいが聞いたら、定平は首をうえ下にふってうなずいた。

「話をしてくればよかったに」

と云ったが定平は口の中でブツブツ云っていた。十日ばかりたってから、

「あの子馬は、板垣の善光寺さんの普請をしているすぐ先の家に預けられた」

ということを定平は陣屋の人から聞いてきた。

「あの子馬は、まだ一年と半《はん》しかたたんのに、子馬だのに、いくさに行くのけ？」

とおけいが云ってまた涙をこぼした。おけいが元気がなくなって痩せてきたのは此の頃からだった。

「えらく元気がねえようだ」

と誰もが云うので定平もうす〳〵気がついていた。飯の食べ方も減ってしまったのである。

「年をとってから、二人もボコをもったから、身体に無理だった」

と、定平は思っていた。黒駒のタケが寄った時も、定平に小声で、

「あの様子じゃ、まあ、長く生きても三年だ、早ければ今年中だ」

そう云って、おけいの後姿をつつくような真似をした。

暑くなって、今年も馬のお祭りの日が来た。朝から土手は人が出た。八代のヒサの家中の者も来たし黒駒からタケの家中の者も来た。今年は二度目で去年よりもお祭りの勢がよかった。着飾った若い衆が着飾った馬の口をとって通った。一匹の馬のまわりを十人以上もの若い衆がとりまいて行くのもあった。馬の上に乗って、いくさの攻め太鼓の真似をさせて通るのもあった。朝早く通って、また引き返して、二度も三度も通るのもあった。若い衆のことを「お供」とみんな呼んでいた。勢いよく飛ばせて、すぐそこで引き返す馬も

あった。

「板垣あたりで勢揃いして、お屋形様のところへ行くのだ」

そんなことをタケが聞いてきたりした。暑いので馬が笠をかぶっているのもあった。笠に穴をあけて耳だけ出してる馬もあった。ヒサの息子の虎吉も、八代からわざわざよその馬のお供に出た。ギッチョン籠のまわりにばかりいて、通る馬のどの馬にでもついて、行ったり戻ったりしていた。おけいは橋の袂で安蔵をおぶっていた。家の中は客でいっぱいだし、安蔵が泣いてうるさいので外にいたのだった。

安蔵をおぶってお子守の歌を唄っていたのは、家の中の者は確かに知っていた。

ねんねん猫の尻へ毛が這い込んで
ひッつり出しても
　ひッつり出してもまた這い込んだ

おけいがのろ〳〵と歌っているので家の中にいた惣蔵がその次の歌を、

それを見ておじいやんが鼻たらした

と唄った。こんな歌は子供だけが唄うジャレ歌で、節は子守歌と同じだが子供がおまけのようにつける歌だった。惣蔵がこんなジャレ歌を唄うと、上り口に腰をかけていた八代の虎吉がその次のおまけの歌を唄ったのだった。

ソレを見ておばぁやんが小便ツンむらかした

子供だけしか唄わない歌を虎吉が唄ったのだから、家中の者が吹き出してしまった。それに、おけいは三十八でお婆ぁやんなどという年ではないのだが、此の頃痩せてしまったので弱々しく見えた。おけいが小便をもらしたという歌を唄えば、本当にもらしてしまったとも思えるのだった。長いことがないと云われて、小便をもらしたと笑われても当り前の程、おけいは年をとったようだった。タケが橋の所にいるおけいの方を見ながら、

「まったく、あの恰好じゃ、長いこたァねえ」

と云うと、ヒサが、

「働きすぎたからだ」

と云った。

「死んだら、すぐまた後を貰うさ、定平はまだ四十じゃねえけ」

とタケが云ったので定平は苦笑いをしていた。その頃までは、おけいが橋のところにい

ることを誰でも知っていた。だが、いつかおけいの姿が見えなくなってしまったのだった。昼すぎも、かなりたったが帰って来なかった。気がつくと四ツになる惣蔵もいないのである。

(どこへ行ったずら?)

と思っていたぐらいだったが、夕方近くになっても帰って来ないのである。みんな表へ出て騒ぎだした。お祭りの馬も通るのが終って、見に来た人達も帰ってしまい、人もときどきしか通らなかった。親類中の者が橋の袂で大声で騒いでいると、よく表を通る馬方が馬の上から声をかけた。

「この家のおばやんを板垣で見かけたぞ」

と云って教えてくれたのである。

「板垣で?」

と云って、みんな驚いた。

「板垣で甲府の方へ歩いて行くところを見たけんど、俺も行きだったたから、昼すぎ頃だった」

と、馬方は云った。おけいが甲府へ黙って行く筈はないと定平は思った。

「人違いじゃねえけ?」

と、聞くと、

「このうちのボコを連れて、赤ん坊をおぶってたから、確かにそうだヮ」

と云うのである。タケもヒサもびっくりした。おけいは気でも違ったか、家出をしてしまったようにも思えるぐらいである。

「迎えに行って来る」

と云って定平が出掛けようとすると、タケが笑って、

「そんな馬鹿を迎えに行く奴があるものか」

と云った。また笑いながら、

「死に場所でも探しに行ったずら」

と云って、タケは笑っているが怒っているのだった。そんなことを云っているうちに向うの方からおけいが帰ってきたのである。安蔵をおぶって、惣蔵と手をつないで嬉しそうな顔をしてこっちへ帰って来たのである。

「黙ってろ〳〵」

と、タケがみんなに云った。みんな黙って立って見ているとおけいがそばへ来た。

「どこへ行って来ただい？」

と、タケがからかうように聞いた。おけいも惣蔵も足はホコリでまっ黒だった。遠道をしてきたことは確かである。おけいの方ではみんながものも云わずに睨んでいるので、

「ちょっと、あっちへ」

と、思わず云ってしまった。タケが怒りだして、

「ちょっとだと、昼まえから、どこをうろついてたか知れんのに、ちょっとだと？」

と、目をむいて云った。ヒサが、

「どこへ行ってきたで？」

と聞いた。おけいは、

「お祭りを見に……」

と云って、やっぱり行った先を隠しているらしいのである。

「どこまで行って来ただ？」

と怒りつけるように聞いた。

「川田のむこうまで」

とおけいが云ったので、みんな呆れ返ってしまった。おけいは行ったところを確かに隠していることが解ったのである。板垣まで行ったことが解っているのに、ずっと手前の場所しか云えないのだと思った。タケが、

「板垣あたりをうろついていたことぐらいは知ってるぞ」

と、横を向いて、なぶるように云った。それから、

「帰って来んと思ってたに」

と嫌味を云った。ヒサが心配になって、

「どこへ行ったか、云えねえのけ?」

と聞いた。おけいはこんな風に聞かれるとは思っていなかった。ますます云い難くなったのだった。

「ちょっと善光寺の普請のとこまで」

と云って恥かしそうに下をむいた。

「何をしに行ったただ、普請を見に行ったのか?」

と定平が尋ねると、

「子馬に逢いに行ってきやした」

と、やっと云えたのだった。定平は黙ってしまった。これで何もかもよくわかったのである。定平も子馬のことは知りたかったのだった。

「達者だったか?」

と、定平が聞いた。

「大事にされていやしたよ、いい家へ預けられて、餌をやったりしていたら、つい、こんねにおそくなって」

と、おけいは嬉しそうに話した。子馬に逢って来たのでおけいはまた元気になった。飯もよく食べるようになって、死ぬかと思ったおけいが「また子馬に逢いに行かせてもらいやす」と嬉しそうに云って働き者になったので定平は自分が命拾いをしたようだった。笛吹の瀬が変る前は、橋の下にネムの木が小山のように群って茂っていたのだが、それがみんな流されてしまって、今はおけいの嫌いなウルシの木ばかり多くなった。

「耳のとこに白い毛が生えやしたねえ」

と、おけいに定平は云われた。

「そうか、お屋形様も同じ年だから、やっぱり白髪が出つらに」

と定平が云った。おけいは土手の方へ向って、大きい声を出した。

「ウルシの木のそばへ、かぶれるから」

と、ボコを怒っていた。定平は耳のそばでおけいが大きい声を出すので、びっくりした。（おけいは前よりも達者になったじゃねえか）とも思った。

黒駒のタケが危篤になって定平が駈けつけたのは寒い風が吹きまくる日だった。

「まさか、死ぬこともねえだろう」

と云って行ったが逢ってみると、（これじゃァ）と思った。タケは五日ばかり前に、

「寒いよう」

と云ったのが寝つくもとで、その時は腹が太鼓のようにふくれていた。（腹が水ぶくれになれば駄目だ）と定平は思った。タケもそれを知っていて定平に逢うと「わしゃ駄目だから」と云った。昨夜までは「胸が痛い」と云っていたが今日はどこも痛いとは云わなくなってしまった。

「痛いことがわからなくなったらしい」

と、タケの亭主は云っていた。八代のヒサも来たし、夕方、おけいも来た。安蔵をおぶって惣蔵を連れて、まっ青の顔をして駈けてきた。おけいは別の部屋へボコを置いてタケの寝ているところへ入って来た。おけいの顔を見ると、タケは、

「わしゃ、もう駄目だから」

と云った。おけいはあわてて、

「そんなこたァねえでごいすよ」

と云って力をつけた。横の障子をあけて近所のおばさんが入って来た。おけいの後に坐って、心配そうな顔をして、

「どうでごいすか？」

と聞くと、タケは、

「大したこともねえけんど」

と云うのである。そのおばさんはすぐ帰って行った。帰ると、タケは、

「わしゃ、よくならんよ、駄目だよ」

と、身内の者には云った。それから、

「仕方がねえさ」

と云うのである。今にも死にそうなタケに、

「そんなことはねえでごいすよ」

と、おけいは云った。横の障子の向うの縁側へまた誰か来て腰をかけたらしかった。（誰だか?・）と、タケの亭主が垣根の方から出て行くと、縁側に腰をかけてる人は、

「嫁を、世話をしてくれねえか?・」

と、なれなれしい口ぶりで云ったのである。その声を、おけいは（どこかで聞いたことがある声だ）と思った。タケの亭主が、

「そんねに、すぐと云っても」

と、やっぱりなれなれしい口ぶりで返事をしていた。その男は、

「なるべく早く、決めてえ」

と云った。タケの亭主は隅の方の障子を少しあけて、タケの寝ている部屋を覗きながら、

「誰か、どこかに、この人にうまい嫁はねえらか?・」

と聞いた。定平は障子のあいた方に向って坐っていたので縁側の方をひょっと見た。その男の顔を見た途端、まっ赤な顔になっておけいの顔を睨んだ。おけいは定平の顔つきで（何かある?・）と思った。立ち上って定平のそばへ行って縁側の方を見ると、向うをむいて腰をかけているのはまがり家の勝やんである。びっくりしてすぐ目をそらせてしまった。ヒサの所へ行って小声で、

「あの男は、うちのすぐそばの男でごいす、嫁などあるひとでごいすよ」

と云った。ヒサは勝やんのいるあたりの障子に向って、

「いやだよう、嫁の世話をしてくれなんて、あんたにゃ、おかみさんがあるそうじゃねえけ」

と、怒るように云った。タケの亭主は勝やんと並んで縁側に腰をかけていたが、ヒサの云うことを聞いて、

「なーんだ、お前《まん》、でたらめを云っちゃ駄目じゃねえか、嫁なんかあるというじゃねえか」

と云って立ち上りかけた。すぐ勝やんが、

「あったけんど死んだヮ」

と、云い放つように云ったのである。おけいはまたびっくりした。（えらい嘘を云うと思ったが黙っていた。タケの亭主はヒサ達の部屋に向って、障子の向うから、

「死んだだと、今はねえだと」

と云った。勝やんはまたタケの亭主に、

「こないだ死んだ、ひと月ばかり前に」

そう云って、少したってから、

「あした、丁度、四十九日になるヮ」

と云うのである。おけいは（とんでもないことを云ってる）と思った。まだ二、三日前に勝やんの嫁に逢ったばかりなのである。その嫁とは話までしたのだった。おけいは怖ろしくなって右手で左の腕をさすっていた。勝やんはすぐ帰ってしまった。定平がタケの亭主に、

「あの男を、いつから知ってるか？」

と聞いた。タケの亭主は、

「あの男は、此の頃よく村へ来る男だ、よく逢うので話をするけんど」

と云うのである。定平が膝をのり出して、

「石和の男だ、嫁もある男だ、親も村の人も手のつけられん男だ」

と、きっぱり云った。おけいはタケの顔を見ると息づかいが荒いように見えるのである。枕許へ寄って行って、

「どうでごいす？」

と、声をかけたがタケは黙っていた。

「すぐによくなりやすよ」

と、また云うと、タケはうなずいていた。だが、云うことは違うのである。

「わしは、自分のお母ァより長く生きただから、長生きの方さ……」

と云うので、ヒサがあわてて、

「そんな気の弱いことを」

と云った。おけいは（あの気の強いひとが、たった四、五日で、こんなにも気の弱いひとになるものか）と思って涙が出てきた。

「なに、すぐよくなりやすよ」

と云ったが、声は泣き声だった。タケはちょっと手を動かして、

「喉がかわいた」

と云った。おけいが枕許の土瓶をタケの口の中へ入れてやると、タケは美味《うま》そうに飲みはじめた。ゆっくりだが続けて飲んで土瓶が空《から》になってしまった。もう飲まないだろうと思ったが、

「もっと飲みやすけ？」

と、おけいは聞いてみた。

「あゝ」

と云ってうなずくのである。急いでまた土瓶に水を入れてきてタケの口へ土瓶の先を近づけた。タケはまた飲みはじめたのだった。ゆっくりだが、休まずに飲んで土瓶がまた空になりそうになった。そこでタケは口を横へむけてしまったのだった。おけいが土瓶を振ってみると底に水が少し残っているだけである。タケはそれから眠ってしまった。夜中におけいはタケの足にさわったら足の裏はもう冷たかった。

夜があけて、陽がさし込んで来た頃、入口の方で声がした。

「ほれ、餅を持って来たぞ、四十九日の餅だ」

と云う声はまがり家の勝やんの声である。おけいはまたびっくりした。本当に餅をついて持って来たのである。口で嘘を云うばかりではなく餅まで持って来たのである。おけいは（あんな嘘まで云ってよいものか）と思った。昼すぎ、表の道を村の人達が、

「善光寺の普請に裏山の神代杉《じんだいすぎ》が切り倒されるぞ」

と云って通る声を聞きながらタケは五十三で息を引き取ったのだが、眠るように静かに死んだ。

「眠い〳〵」

と云って目をとじたまま顔色が変った。

「あれ、姉《ねえ》やん」

と、ヒサが呼んだが返事をしなかった。おけいは水を飲ませようとしたがタケは知らないような顔をしているのである。（昨日、あんなに水を飲んだけど、あれが死水《しにみず》だった）と気がついた。

六

年があけて正月、お屋形様の勝頼様が十六になって笛吹橋の所へ来ると云うのである。土手は朝早くからお通りを拝みに大勢集ってきた。八代からヒサの家の者達は来たが黒駒からはもう誰も来なかった。勝頼様はお通りになって、橋を渡って一之宮へ行ったのだが、ヒサの息子の虎吉は、

「お屋形様の勝頼様は俺と同じヒノエウマだ。勝頼様も四番目で俺も四番目に生れた。俺も勝頼様の後をついて一之宮へお参りに行くのだ」

そう云って一人で橋を渡って行った。ヒサが、

「この家じゃ、いつでもお屋形様と同じ年にボコが生れたが、信玄様の代になってからは八代の俺家《おらん》の方へオハチが廻ってきて」

と云っていた。定平は（アヅマヤさんにいるタツの娘のノブも勝頼様と同じ年だから）と思っていた。

八代のヒサは次の年、タケと同じ五十三で死んだ。寝つくと起き上れなくなってしまった。胸のあたりだか、腹のあたりが痛いと云うだけだが、時々痛くなって苦しがった。暑くなり始める頃、朝早く息をひきとったのだが、三年前にヒサが植えた裸桃《はだかもも》が、

「あと十日ばかりたてば食えるけんど」

と云って、まだむしるには早かったが虎吉が木から一ツとってきた。ヒサは口で嚙んだだけで出してしまった。

「おばやんが植えたのだから、食べてよかった」

と定平は云って、嚙んだだけだが食べたと同じだと思った。ヒサは、

「あの裸桃も、今年は三ツしかならんけど、来年はうんとなるから、わしも来年は身体がよくなるから」

と云って、ヒサはすぐよくなると思っていた。だが、あとで、

「わしは、よくなるらか？」

とも云った。おけいが、

「よくなるさよォ」

と云うと、

「わしゃ、とうやんより先に死ぬたァ思っていなかった」

とヒサは云うのである。とうやんというのは亭主のことだった。

「黒駒の姉やんも、とうやんより早く死んだ、どこの家でも、とうやんの方が先に死ぬのに」

と、口惜しそうに云うのである。ヒサのとうやんもそばで聞いていて、叱られているよ

うに首をうなだれて坐っていた。

「なに、わしの方が先に死ぐから」

と、定平の方を見ながら、とうやんはこう云った。ヒサはそれをきいて、

「当りめえさよ、どこの家だってゴ亭の方が先に死ぬのが当りめえだ」

低い声だが鋭い云い方だった。その時、家の横の道を子供だちが、

「舟だ、舟だ」

と騒いで通って行った。定平は何のことだか分らないので首を傾げていた。ヒサのとうやんが、

「前の家で、舟をこしらえたのでごいす。小度胸の人達だから」

と云った。おけいも何のことだか解らないので、

「舟をこしらえて？」

と聞いた。とうやんは、

「こんど、笛吹の水が出たら、舟に乗って逃げるつもりだというぞ、今から舟をこしらえておくのだ、小度胸の人達だから」

と、馬鹿にするように云った、また、

「舟を家の横に縛りつけておいて、いざという時に、縄だけ切ればいいようにしておくだと、あの家は、家中が小度胸だから」

と云った。虎吉がそばで、

「珍しいから、遠くから舟を見に来る人が大勢あるぞ、うるさくて」

そう云って、立ち上って道の方へ、

「うるせえぞ、こっちにゃ病人があるに」

と、怒鳴った。とうやんがまた、

「財産をみんなかけて、舟をこしらえたというぞ」

と云った。寝ていたヒサが、

「生命《いのち》が惜しいからさよォ、ゴ亭やボコを置いて死ぐより、みんな一緒だから」

と云った。定平も（舟をこしらえて、洪水の時に、俺家《おらん》でも財産があれば作るのに）と思った。その晩からヒサは苦しがり始めた。夜明け頃には、

「早く死にてえよォ」

と云い出したのだった。

「胸のところを一突きに、早く殺してくれ」

と、云ったりするのである。定平は腕をくんで（あんなに死ぬのを嫌がったけど）と思った。明け方、息を引き取ったのだがその前に苦しむのも止んだ。（落ちついたようだ）と思ったら、虫の息のようだった。かなりたってからヒサは首をうえ下に振って顔の色が変った。口を開けようとしたらしいが動かしただけだった。おけいは水をやろうとしたが

外へみんなこぼれてしまうのである。おけいはヒサが五日も前、水を美味《うま》そうに飲んだことを思い出して、（あの時の水が死水だった）と気がついた。ヒサは死んだが目をつむらなかった。定平が目のまわりをもんで閉じさしたが、少したつと目が開いていた。定平はヒサの顔に布をかけて隠しておいた。

年があけて板垣の善光寺が仕上った。御本尊さんはそれまで甲府のお寺へ預けて置いたのだが、板垣の善光寺へ移す日は始めてのお祭りをするのだから凄い人出だった。お祭りから帰って来ておけいが、

「善光寺さんの前で踏み殺されそうになった」

と云った程だった。タケが死んでしまったので黒駒からは誰も来なかった。来ても、下の橋を渡れば近いからそっちを通って行ったかも知れないし、八代からは虎吉しか来なかった。昼すぎ頃から、まがり家の勝やんが酔ッぱらって川中島の入口で通る人をつかまえては喧嘩を売っていた。通る人はみんな除けて遠まわりの近津の土手を廻って行った。近津の土手を通ればまがり家の前を通るのである。まがり家の人達はみんなお祭りへ行っているし勝やんは川中島の入口にがんばっているので家は空ッぽだった。通る人は空ッぽのまがり家へ指をさして、

「このうちの息子でよ、あの酔ッぱれえは、御本尊さんを持って来たのにお祭りにも呼んでもらえなくて、やけを起してるのでよ」

と云いながら、道のはじを除けるようにして通った。

お祭りが終ると勝やんは陣屋の人達に連れて行かれてしまったのだった。

「お屋形様の悪態を云ったから連れて行かれたのだ、無理はねえ」

と云ったり、

「勝やんがいなくなって安心した」

と、誰もが云っていたが二、三日すると帰って来たのである。無事で帰って来たので誰もがびっくりした。

「善光寺さんを持って来た人だから、いかにお屋形様でも手がつけられんのだ」

と云って、怖いもの知らずの勝やんは前よりも怖れられたし、つまはじきにされた。月が代ってからだった。夜、板垣の善光寺さんで火事騒ぎが起った。すぐ消したのでボヤだった。「附け火だ」と云う噂がとんで定平もおけいもすぐに勝やんの顔を思い浮べた。二、三日たってからもまた、夜善光寺さんに附け火があった。すぐ消したのでボヤだった。定平とおけいが「勝やんの仕業じゃねえらか？」と云っているところへ陣屋の人が大勢来たのである。十人ばかりで代るがわるまがり家の勝やんのことを聞くのである。陣屋の人達は、

「昨日、笛吹のかみで勝やんの姿を見た」

と云ったり、

「昨日、まがり家へ帰ってきた」

とも云うのである。定平やおけいは（陣屋の人達の方がよく知っている）と思った。定平やおけいは、勝やんはこの頃、まがり家へ寄りついたことがないということしか知らなかった。善光寺さんへ火をつけたのは勝やんだということがはっきり解って、

「見つけ次第、ぶッ殺す」

と、陣屋の人達は云うのである。定平は腹の中でほっとした。善光寺さんへ火をつけたのは（アヅマヤさんにいるタツの仕業ではないか？）とも思ったからだった。陣屋の人達は定平の家に入り込んで動かなかった。

「きっと、ここら辺に来るぞ」

「昨日、川かみを歩いていたということは、家へ帰って来るつもりだぞ」

そう云って、定平の家に隠れるようにしていた。日暮れ近く、その勝やんが川かみの方から土手をブラ〳〵歩いて来たのである。遠くからでも勝やんだとわかって、

「来たぞ〳〵」

と、陣屋の人達が云った。おけいは陣屋の人達をここへ隠して置いたように思われるので、（この家の中から飛び出して行っては困る）と思った。だが、勝やんが橋の袂まで来た時、陣屋の人達はドッと飛び出してしまったのだった。定平はすぐ表の戸をしめて突ッかい棒をしてしまった。定平が戸の隙間から覗くと勝やんはすぐそこの土手で陣屋の人達

にとり囲まれていた。少したつと足音がするので覗いて見ると陣屋の人達が家の前を川中島の方へ帰って行くのである。土手を見ると、橋のそばに勝やんが横になっていた。定平とおけいは代るがわる覗いたが、家の中から出ないでいた。日が暮れ始めて、橋を通る人は時々あったが土手に転がっている勝やんに気がつく人もなかった。向い側の土手は通り道だが、勝やんの倒れている土手は通り道ではないからだった。

「死んで、あんな所に転がせて置くなんて」

と、定平がブツブツ云った。おけいもそう思ったので、

「まがり家へ行って知らせて来れば」

と、定平に云ったが定平は、

「誰か、見つけた人が騒いで知らせるら」

と云って動かなかった。おけいは、

「いやでごいすか?」

と、催促をするように云ったが定平は返事をしなかった。

「それじゃ、わしが行って来やす」

そう云ったが、おけいもこんなことを知らせに行くことは嫌だった。だが、自分が行かなければ定平が行くのである。定平も嫌な思いをしなければならないからと思ったので、やっぱり自分が行って来ようと決めた。黙って表へ出て、近津の土手の方へ歩き出した

が、片目で、ちょっと土手の方を睨んで歩き出した。二、三歩ばかり歩いたが、勝やんの死骸が気になった。まだ死んではいないような気がしたのだった。ちらっと見たのだが、そんな気がしたのだった。（よく確かめなければ）と思った。立止って、すぐ引き返した。勝やんの側へ行って見るとまだ息をしているのである。目をパッと開いているが眼玉は動かなかった。胸のあたりが少し動いているらしいので息をしていると思った。（まだ生きている）とわかったので、ハッと思った。（手当をしなければ）と思った。勝やんは身体中が血だらけで着物はズタ〳〵に斬られているのである。おけいは腰をかがめて、右の手で左の腕をさすりながら勝やんの顔を覗き込んだ。目はパッと開いているが眼玉はもう動かないのだとすぐわかった。（これでは、手当などしても駄目だ）と思った。もうどうすることも出来ないが死水だけは呑ませてやろうと思った。水をやれば、楽《らく》に息を引き取ると思った。おけいは家の方へ歩いて行った。土瓶を持ってきて勝やんの口の中へ少しずつ水を入れてやったが、水はすぐ口の中にいっぱいになったらしくこぼれて出てくるのである。（もう、水も呑めねえのだ）と思った。それでもおけいはたもとに水をしめして口の中へしぼってやった。勝やんの口が少し動きだしたのでまた土瓶の口を当てて少しずつ入れたが、やっぱりこぼれ出てくるのである。おけいは勝やんの耳許へ口をあてて、

「勝やん、えらいことになったなァ」

と云ったが、目は動きもしなかった。だが、勝やんはまだ生きているとおけいは思っ

た。胸のところが息をしているのである。家の入口の所へ帰ってきて、定平に、

「勝やんはまだ生きていやす、早く、まがり家へ行って知らせてきて」

と云った。生きていると云われて定平は飛び出して行った。おけいが勝やんの側で見守っていると、定平はすぐ帰って来た。

「まがり家には誰もいねえ、留守だ」

と、定平は大声でおけいに云った。そうすると、その声は勝やんに聞えたらしかった。ぴくッと肩が動いて、口を開けた。ぽッぽッと音を立てて口から息をしはじめたのである。出る息ばかりだった。吸い込む息がなくて、ぽッぽッと音をたてて吐く息だけである。定平も勝やんの顔を覗き込んでいた。すぐ勝やんは目を下から上へひっくり返した。目の裏を見せるようにして息が止んだ。おけいが、

「勝やん」

と名を呼んだ。定平もつづけて、

「しっかりしねえ、勝やん」

と大声で呼んだ。おけいが、

「勝やん、盆の餅も食わずに」

と云って泣いた。もう二、三日で盆の十三日だった。盆の十三日につく餅を食べないで死ぬということは運が悪い人だと云われているのである。

「勝やんは盆前に死んで、仏《ほとけ》さんは盆に帰って来るというに、勝やんは……」

と、あとでおけいはよく云った。

盆の月も終る頃、おけいは腹にボコが出来たことを知った。指を折って数えれば生れるのは来年早々である。今年、定平は四十二でおけいは三十八だった。定平がおけいの身体を心配して、

「三十五からボコを三人も」

と云ったが、おけいは、

「こんどは女でごいす、わしゃ、女のボコが欲しいよう」

と嬉しそうに云った。

雨が降る日、八代の虎吉が来た。

「これからいくさに行くのだ」

と云うのである。

「えッ、今すぐ行くのか！」

と云って定平は呆ッ気にとられた。虎吉はすぐ行ってしまったのだった。

「お母ァが死んだからだ」

と定平は云って、早足で雨の中を行く虎吉の後姿を眺めていた。

この夏は大雨もなく土手普請も急ぎではなかった。秋だが、春のような陽気だった。こ

の頃、通る人がよく、

「ワカサレの源やんの家で普請を始めた」

と、笑いながら教えるように話して行くのである。

「まさか、親を追い出す仕度じゃァ?」

と、おけいが云うと、

「三代親を追い出したから、こんどは息子の方が親と別れて住むずら」

と、定平が云った。

「それじゃァ、親を追い出すじゃねえ、息子が移って行くのでごいす」

とおけいは云った。源やんの家の普請が仕上って、親がそこへ住んだのはそれからすぐだった。

「これで四代続いた」

と、村の人達は云って笑った。おけいは、源やんの家で普請をしたなどと云い出したのは、誰だろう?　と思った。源やんの家では普請などというものではなく、物置小屋のようなものを建てただけだった。

年の暮、虎吉がいくさから帰って来た。川しもの橋を渡れば八代へ近いのだが、わざわざ遠まわりをして定平の方へ先に寄った。虎吉はお屋形様について信濃の川中島へ攻め込んでえらい手柄を立てたのだった。

「夜、顔を隠した敵が五、六人、馬に乗って川を渡って来て、お屋形様の陣へ斬り込んで来たのを俺が見ていたのだ。（お屋形様が危ねえッ）と、俺が飛び込んで、お屋形様に向っている敵の馬の尻を槍で突きさすと、馬が跳ね上って敵は逃げてしまったが、後でお屋形様が、

（あれが敵の大将だ）

　と云ったので、

（あれが謙信様というえらい人だったか！）

　と云って、みんなびっくりした。お屋形様は顔にかすり傷を受けただけだが、もし俺がいなかったら（お屋形様はやられていたかも知れん）と云われて、俺はすぐ仲間の頭《かしら》にされてしまった。（旦那、旦那）と仲間が俺のことを云って、さっきも帰《けえ》る時に（旦那）と云ったぞ、俺のことを」

　虎吉はいくさの様子をしゃべっては、

「運もよかったというもんだ」

　と云って嬉しがっていた。

「どんな顔をしていた？　敵の大将は？」

　と、定平は乗り出して聞いた。

「顔などは見なかった、馬だけを狙っただけだったから」

と虎吉は云って、それから、

「お屋形様だって、敵の大将の顔は知らんだから、お屋形様だって、あれがそうだったずらというだけだヮ」

と云った。

「バカ、お屋形様がそうだと云えば、それにきまってることだ」

と、定平は怒るように云った。

年があけて、おけいは三人目のボコをもった。男で、平吉《へいきち》と名をつけた。親を追い出したワカサレの源やんの家にも男のボコが生れた。孝助《こうすけ》という名で、村の人達は、

「親に孝行をするように、というわけだ」

と云ったり、

「あのボコも、いまに親を追い出すかも知れん」

と云ったりして笑いものにしていた。

春すぎに、えらい坊さんが橋のところへ来るというので土手は人が出た。お通りは橋を渡って一之宮へ行ってすぐお帰りになった。お通りがすんだ後になって、八代の若い方の智識さんがお通りを拝みに来たのである。

「もう、お通りはすぎやしたよ」

と云って、定平は表へ出て行って間に合わなかったのを残念がった。だが智識さんは、

「ああ、そうかい〳〵、よかった」

と、嬉しそうに云っているのである。定平もおけいも（お通りを拝みに来たのに）と思った。

「その坊さんは、太ってたかい？　痩せてたかい？」

と、智識さんが聞いた。

「太ったお方でごいした」

と、定平が云うと、智識さんは、

「えらい人だなァ、快川《かいせん》という坊さんは」

と、でかい声で云って、

「あはゝゝゝ」

と、笑っているのである。それから、

「よかった〳〵」

と云いながら帰って行った。

「お通りを拝みに来て、おがみもしないで、よかった〳〵なんて云うけど、やっぱり変ってる人だなァ、いつかもそうだった」

そう云いながらおけいは智識さんの後姿を眺めていた。

その夏、大雨が降りつづいて笛吹が増水した。

「元の川が本瀬《ほんせ》になる！」

と、石和の人達は騒いで川田へ逃げたが、川田の人達は、

「ここも危ねえ」

と騒いで、石和の人達と一緒に甲府へ逃げた。雨は甲府へ逃げる途中で止んだ。帰って来たが笛吹の流れは変らなかった。流れがおちつくと元の笛吹はやっぱり小川だった。寒くなった夜おそく表の戸を叩く音がするので開けるとタツが立っていた。気の強いタツが魂でもぬけたような目つきをして、しょんぼり立って定平の顔を見ているのである。家の中へ入ったが黙ったままだった。

(何かあったらしい？)

と定平は察した。おけいは左の腕をさすりながら片目でタツの顔色を伺っていた。少したつと、

「ノブが連れて行かれた」

と、気がぬけたようにタツが云ったのである。定平はハッとした。一番怖れていたことになってしまったのである。

「身許がわかってしまったのか？」

と、定平が念を押すように聞くと、タツは首をのろく横に振った。

「陣屋へ連れて行かれたのか？」

と、定平がまた聞いたが、タツは黙ったままだった。

「やっぱり、わかってしまったのだ」

と、定平が云うと、タツは首を横にふって、

「お城へ……、甲府のお城へ」

と云った。

「それじゃ、殺されたのだな」

定平がそう云いきると、

「お城へ、奉公しろと云われて、連れて行かれてしまった」

と、タツはのろのろ云った。ノブがお城へ奉公に行くとは意外なことだった。定平は考え込んでしまったが、

「それじゃァ、心配はねえ、お屋形様に悪く思われてるじゃねえのだぞ」

と、教えてやった。

「なんにも知らずに奉公に連れて行かれたけんど、身許がわかるもとになるさ、すぐわかって殺されてしまうさ」

と、タツは云うのである。

「そんなことはねえ、身許がわからないから奉公に連れて行かれたのだ、かえって心配はねえというもんだ」

と定平は云った。タツを安心させようとしたり、定平もそう思いたかった。おけいも、

「そうでごいす、大丈夫でごいす」

と云って、タツを安心させようとした。だがタツは、

「身許がわかれば、わしも殺されるのだから、殺される時はわしも一緒だ、アヅマヤさんへ帰っていよう」

と云うのである。

「それは危ねえ、いつ身許がわかるか知れんから」

と云って、定平は止めた。おけいも、

「アヅマヤさんにだけはいない方が」

と云って止めさせようとした。だがタツは、

「身許がわかれば親子諸共《もろとも》だ」

と云って、無理に帰ってしまった。帰ると、おけいは、

「わしは、すぐ身許がわかるような気がしやすけんど」

と云ってふるえていた。定平は返事もしないで黙っていた。朝、定平は起きるとすぐ八代の定林寺へ行った。若い方の智識さんに逢いたいと思って行ったが、親の方の智識さんしかいなかった。定平は庫裡の方へ廻って廊下の手前で土の上に坐った。

「方丈さん」

と声をかけた。智識さんがふり返ってこっちを見たので、

「ちょっと聞きてえことがあって来たのでごいすが」

と云った。智識さんは定平の方を見ているので、定平は、

「あの……、お屋形様とアヅマヤさんではどちらが偉いのでごいすか?」

と聞いた。

「そうさなァ」

と智識さんは云って、それから、

「アヅマヤさんは日本武尊というお方がお通りになった時に泊った場所だ」

と云った。定平はまた、

「お屋形様と、どちらが偉いのでごいすか?」

と聞いた。

「そうさなァ、お屋形様は生き神様だ、アヅマヤさんも神様だけれど」

と智識さんは云った。途端、(お屋形様の方が偉いのだ)と、定平は思った。(それではアヅマヤさんにいては駄目だ)と思った。お辞儀をして帰って来たが帰りにヒサの家へ寄った。虎吉はいくさに行っていなかったがとうやんはいた。後妻を貰っていて、二人で火にあたっていた。定平が入って行くと、とうやんが、

「あれ、今、お前《まん》の噂をしていたところだ」

と云って、後妻と顔を見合せた。後妻は初めて逢う定平の顔を穴のあく程見ているのである。定平はなんとなく嫌な気がして下をむいてしまった。後妻はなれなれしい口ぶりで、

「石和じゃァ、四十一でボコをもったというけど、わしは四十三でごいすが、今からでもボコが生れるものかね、わしゃ、一人だけボコをもちてえけど、今、その話をしていたとこだが」

と云うのである。

「あんたは、せんに嫁に行った家では、ボコはなかったでごいすか?」

と、定平は聞いた。後妻はでかい声で、

「ボコは七人も、もったけど、みんな置いてきやした」

と云うのである。

「それじゃ、この家へ来たらボコなどいらないじゃ」

と、定平は云った。そうすると後妻は手を出して定平の袖をひっぱった。

「だめでごいすよ、せんの家は遠すぎて」

と云いながら自分のそばへ引き寄せるようにして腰をかけさせた。

「先の家はどこでごいすか?」

と、定平が聞くと、

「駿河でごいす」

と云った。定平がびっくりして、

「駿河から、どうしてこの家に縁があって？」

と、とうやんに向って聞いた。

「いくさに行った人について来たというわけだ」

と、とうやんが云うと、後妻が、

「こっちのお屋形様の方がいいよう、いくさに勝ってばかりいるので」

と云うのである。

「七人も、ボコをおいて来たでごいすか？」

と、定平はなじるようにとうやんに向って云うと、とうやんは、

「ボコは七人だと云ったり、三人だと云ったり……」

と云うのである。定平は後妻の顔を眺めると、後妻の方でも定平の顔を見ているのである。（でたらめを云う女だ）と定平は思った。（恥かしくねえか？）と思って顔を眺めたが、後妻の方ではなんとも思わないらしく、定平の顔を見ているのである。穴のあく程、顔を見るので定平は顔がまっ赤になって下をむいてしまった。

　家へ帰って定平は、

「ヒサおばやんが、とうやんより先に死にたくねえと云ったけど、どこの馬の骨を後妻に

するかわからんから、ヒサおばやんはそれを知っていたからだ」

とおけいに云った。

年があけて春になった。夜おそく、タツがまた来たのである。家の中へ入ると、

「ノブがお城を逃げ出した」

と云った。

「えッ！　身許がわかったか？」

と云って、定平は身体がふるえてきた。タツはそれには答えないで、小声になって、

「山の方へ逃がした」

と云うのである。おけいは入口へ走って行った。タツが入って来た表の戸が少し開いていたので閉めに行ったのだった。それから、

「身許がわかったのでごいすか？」

と、おけいも聞いた。

「そうじゃねえ」

と、タツは云った。つづけて、

「ノブはボコを姙んで、困って逃げ出したのだ」

と、力を入れて云った。

「誰のボコだ？」

と、定平が聞いた。タツは返事をしないので、また、

「お城の人のボコを姙んだのか？」

と聞いた。

「そうじゃねえ、村の人のボコだ」

と、タツは云った。定平は腕をくんで考え込んでしまった。タツもおけいも黙り込んでいた。またタツが、

「ノブはかたきを討つ気がねえのだ、そんな気はさらにねえのだ」

と、泣き声で云った。

「ノブやんは、今、どこにいるのでごいす？」

と、おけいが聞くと、

「アヅマヤさんのうしろの山へ逃がしたが」

と云って、タツは少しずつ話しはじめた。

「村の若い男の、そいつのボコを姙んで、その男のことしか考えていないのだから」

と云った。定平もおけいも黙って聞いていた。

「お城へ奉公に連れて行かれる時には、そいつのボコを姙んでいたのだ。お城へ行ってから、だんだん腹がでかくなってきたので、困って逃げ出したのだ、ノブはかたきを討つ気など、まるでねえのだ」

と、口惜しそうに云った。

「それじゃァ、その男と、他国へでも逃げてしまえばいいじゃねえか」

と、定平が云うとおけいも、

「すぐに、遠い国へ逃がすようにしたら」

と云ってすすめた。

「そうして、わしはどうなる！」

と、タツは怒るように云った。

「おめえも一緒に逃げろ」

と、定平の方でも怒るように云った。だが、

「いやだ、他国へ行って生き延びて、かたきを討つために生きてきたのに、そんなことだったら、あの晩、殺されていた方がよかった」

と云うのである。

「生きていただけでいいじゃねえか、かたきを討つなどと云って、そんなことが出来るものか」

と、定平は云った。また、

「頼むから逃げろ」

と云った。おけいも一緒になって、

「そうしておくんなって」

と頼むように云った。だが、タツは度胸をすえていて、

「そんなことじゃ死んだ方がいい、なんのために、今まで生きてきたのか」

そう云って、逃げるなどという考えは少しもないのである。立ち上って帰ろうとしながら、

「どんなことをしても、恨みを晴らすのだ」

と云って、入口へ行った。おけいはタツの前に立ち塞がるようにして、

「どこへ帰るのでごいす？　アヅマヤさんへ？」

ときいた。

「アヅマヤさんへ帰っても駄目だ、お城からノブを探しに来るから、昨夜から野宿をしているさ」

そう云うタツは案外平気そうな口ぶりで出て行ってしまった。定平はおけいの顔を見ながら、

「あの強情はお母ァに似ているのだ、あの目つきもそっくりだ」

と、あきらめるように云った。次の晩、夜おそく定平の表の戸をゴト〳〵と叩く音がするのである。（タツが来た）と思って戸をあけようとすると戸の外で、

「おじやん、ノブだけんど」

と云う声が聞えた。あわてて定平は戸をあけて、ノブを入れるとすぐに戸をしめた。ノブは暗い家の中に棒のように立っていた。

「お母ァが来なかったけ?」

と、ノブが云った。家の中が暗いので定平もおけいもノブの顔がわからなかった。

「昨夜《ゆうべ》来たが」

と定平が云うと、ノブは、

「どこにいるらか?」

と云った。おけいが種油に火をつけたのでノブの顔が見えた。黒駒のタケに似ているけど、びっくりするような器量のよい女だった。

「タツなんか、どこにいるかわからんぞ、野宿をしているから」

と定平が云うと、

「やっぱりわからんけえ、ここへ来ればわかると思ったに」

とノブは云った。また、

「それじゃァ、帰る」

と云うのである。今来たばかりですぐ帰ると云うのであるから定平もおけいもあわてた。

「話があるから待ってくりょ」

と、おけいが云って止めた。ノブは、

「つかまるから」

と、云うともう入口の方へ行ってしまった。定平が追いかけて腕を押えた。

「遠いところへ、早く逃げてしまえ」

と云った。

「あゝ」

そう答えてノブは出て行ってしまった。定平はノブが（あゝ）と云っただけだが、ノブは他国へ逃げるつもりらしいことがわかったのでほっとした。おけいは、

「あの様子じゃァ、来年、春前に生れるらしいでごいす」

と云って、ノブの腹の大きさを見てしまった。

「八代の虎吉と同じ年だから、来年は十九か」

と定平は云って、ノブが娘になるまで生きていたことが不思議のように思えた。

暮の寒い風の吹く日、

「この辺に、勝やんという人の家は？」

という声がした。定平が、

「勝やんの家はもっとしもの方でごいすよ」

と云いながら入口へ行って顔だけ出して見ると痩せた坊さんが風に吹かれて立ってい

た。定平は変に思ったので、

「勝やんを尋ねて来たのでごいすか？　勝やんは死にやしたよ」

と、教えてやった。

「死んだことを聞いたので、お墓へ参りたいのだが」

と、その坊さんは云うのである。定平は橋の方へ指をさして、

「お墓なら、橋を渡って土手を川しもに下ればすぐ下に見えやす」

と教えてやったが、墓場だけわかっても、どれが勝やんのお墓だかわからないと思った。定平は表へ出て、

「お墓へだけ参るだったらわしが連れて行ってあげやしょう」

そう云って先に立って歩き出した。橋を渡りながら、

「お坊さんは勝やんと知り合いだったでごいすか？」

と聞いた。

「わしは勝やんと一緒に信濃から来た者だから」

と、坊さんは云った。

「それじゃァ、善光寺さんを持って来たのでごいすか？」

と聞くと、黙って首をうえ下にふっていた。

「勝やんは何故？　御本尊さんを持って来たのでごいすか？」

と、また聞いた。坊さんは、

「何故だか知らん、あの男が御本堂に上りこんで、わしだちの前で御本尊様を持ち出してしまったのだ。だから、わしだちは御本尊様のお供をして甲府まで来てしまったのだ」

と云った。定平は（このお坊さんも知らないのだ）と思った。勝やんのお墓の前で定平は、生きている人に云うように、

「なぜ御本尊さんを持って来たのだ、持って来なければよかったのに」

と、お墓へ向って云った。坊さんに、

「持って来たから死んだのだに」

と云った。坊さんは定平に、

「生れる前の世に帰ったのだ」

と、ブツブツ云うように云った。後で定平はおけいに、

「ずっと前に、勝やんの女親が、（ボコなどもっても、もたなくても同じことでごいす）と云ったじゃねえか、あんなことを云ったけど、嫌なことを云う奴だと思ってたけんど、勝やんだけは生れなんだ方がよかったなァ」

と云って笑った。おけいも、

「そういうことでごいす」

と云って笑った。

年があけた。雪の多い年で土手の日蔭には春になっても雪が残っていた。おけいは去年生れた平吉を抱いて、土手で日向《ひなた》ぼっこをしていた。惣蔵と安蔵がおけいのまわりを走りまわっていた。定平は家の横で、垣根にする竹を割っていた。そのうちに惣蔵が土手下から枯れたブドーのつるをかついで来た。一間以上もある長いつるで、肩からひきずっているが、惣蔵の方がひきずられているようだった。それを安蔵が騒ぎながら追いまわしていた。おけいは二人がまわりを廻るのでうるさくてたまらなかった。そんなことをおけいは眺めていた。何げなく、定平の方を見ると、定平は目をすえて川かみの方を見つめているのである。（えらい目つきで？　何を？）と思っておけいは振り返って見ると、土手の向うから蝙蝠《こうもり》のように両手を拡げて、腰をかがめながら転がるようにこっちへ来るのはタツらしいのである。（唯事ではない！）と思った。定平は前へ歩き出して橋の袂の所で立止って見つめていた。タツは定平の立っているところまで来ると、定平の両肩をとびつくように押えつけた。息を大きく吐いて、

「ノブが陣屋へ連れて行かれたぞ」

と叫んだ。

「えーッ！　いつだ？」

と、定平が云った。

「今だ、今朝つかまって、今、陣屋へ連れて行かれた」

と、せき込んで云うと、近津の土手の方へよろめくように歩き出した。定平に逢うとタツは急に足どりがのろくなった。ふら〳〵と石和の方へ行くのである。

（陣屋へ行っては危ねえ）

と定平は思った。止めようと、タツの後を追って行った。定平はノブのことも気にかかって、憑かれたようにタツの後をついて行った。近津の土手を通って石和の入口へ来たがタツは人目をさけることも忘れたらしく村の通りをのろ〳〵と歩いて行くのである。陣屋の前まで行くと門の中へ、迷いこむように入ってしまった。定平は門のところでハッと踏みとどまった。（タツを連れ戻さなければ）と思ったが、中へ入ってしまったのでどうすることも出来なかった。門の中を覗くと、道はまっすぐだが行き詰りから右に曲っていて、タツはそこを廻って行ってしまったのである。定平はタツの行ったらしい方へ塀の外に沿って廻って行った。塀の外からタツに声をかければ聞えるかとも思った。（呼ぼう）と思ったが、そんな力もぬけて塀のまわりを歩いていた。

タツは門の中の道を右に廻って歩いて行った。そこから先は広い庭になっていた。そこでタツは目をすえてしまった。向うからノブが両側から腕をねじられるように押えられて連れ出されてきたのを見たのだった。ノブは臨月の大きい腹を前につき出して膝を地についてしまった。庭の左の方で怒鳴り声がしたかと思うと、飛び込むようにノブの前へ立ち塞がった者があった。刀が光った途端、ノブの肩が破れて崩れるように前へうずくまった。また、ノブの背中は叩かれるように斬られた。ノブは両膝を土につけて、謝まるように顔を地面に押しつけていた。その背中は、また刀で叩かれるように斬られてしまった。タツは後ずさりをして塀に腰だけを押しつけて見ていた。両手を蝙蝠《こうもり》のように前へ拡げて飛びつくような目をして見ていた。ノブの死骸はすぐ運び出されたのである。タツは跳ねるようにそばへ近づいて行った。ノブの死骸は切り戸から塀の外へ運ばれて土の上へ放り出されるように置かれた。タツはノブのすぐそばまで寄ってノブの顔を覗き込んだ。それから両手でノブの顔をかじるようになでた。そこでタツは陣屋の人に突きとばされてしまったのだった。タツは腰を地に落としてしまった。だが、それでもノブの死骸に這い寄った。そのとき、両足をのばして転がっている死骸の股の間でガサガサという音がした。死骸の股のところの着物が動いているのである。死骸の股下からは水も流れだしているのである。タツはハッと思って死骸の股のところまで着物をまくった。股の間に、溜り水のように血が溜まっていて、そこにボコが動いていた。さっと、両手を延ばして奪い取るようにタツはボコをつまみ上げて、サナギのような男のものを見つけた。甲高《かんだか》く声を張り上げだしたボコの腹からは白蛇のようなヘソの緒が死骸の股の中へもぐり込むように続いていた。(男のボコだ) とタツは知った。(ノブの死骸より、このボコの方が) と思った。踊るように立ち上って、ヘソの緒を口にくわえると、歯ぎしりをしてぴくぴく動くヘソの緒を食い切った。急いで自分の裾をまくり上げてボコをからませると転がるように逃げ出した。そこに、定平が呆然と立っている前を、ボコを隠しながら近津の土手の方へ逃げて行った。

七

タツが定平の家へ来たのはそれからひと月もたってからだった。もう陣屋の人に見つけられることも怖れていないようだった。昼間来て、表の上り口に長い間腰をかけていた。

「陣屋の奴が来て、つれて行くと云えばいつでも行くから」

と云っているのである。

「ボコはどうした？」

と、定平が聞いたがタツは返事をしなかった。タツは帰ったがそれからはよく来るようになった。来ると長いこと入口に腰かけていた。タツが帰った後で定平は、

「どこか？　この近くにいるらしいが」

とおけいに云った。それから、

「陣屋じゃ、別に、タツを探しているという様子もねえらしいなァ」

と云った。そう云われるとおけいもそんな風に思えたのでホッとした。

暑くなり始めた頃の夕方だった。人魂《ひとだま》のようにホタルが土手を舞っていた。惣蔵がホタ

ルを捕っては竹かごに入れていた。

（いつ？　あんな竹かごを作ったずら？）

と、おけいが思う程、上手にこしらえたホタル籠だった。その竹かごにホタルを一杯つめて振りまわしながら土手を走りまわっていた。まっ暗になってもまだ惣蔵はホタルを捕り歩いていた。夕飯が終ってからだった。おけいは洗いものをしようと平吉をおぶって橋の下へ降りて行って、川っぷちの草の中にホタルが塊りのように集っているのを見つけたのである。

「アレ、えらくホタルが！」

と、おけいは思わず声を立てた。惣蔵に知らせてやればどんなに喜ぶだろうと思った。が、足音など立てれば逃げてしまうとも思った。それに、こんなに山盛《やまも》りのようにいるのだから、ひと掴みにしただけでも沢山掴めると思った。息を殺して、そっとそばへ近寄ったがホタルは一ぴきも逃げないのである。盛り上るように塊って光っていて、まだ見たこともないホタルの塊りである。嬉しくなって、手がふるえて、おけいは両手でパッとまん中を掴んだ。途端、ホタルも掴んだが、なんだかやわらかいものも掴んでしまった。気味が悪くなって、ひょっと両手を嗅いだ。アッと思ってすぐ川へ手を突っ込んで洗った。光りの紛のようにホタルが千切れて流れたが、やわらかいものは手にこびりついていてなかなかおちないのである。やっとおとしてから洗いものもすませた。土手へ上って家の中へ帰って来たが入口に腰をおろしたままおけいは考え込んでしまった。おけいは動くのも嫌になった。考えれば考える程いまいましくて堪らなかった。口惜し涙もこぼれてきた。両手で前掛を顔にあてて涙をおさえていた。それから、（あの野郎ッ）と思った。（頭でも、横ッ面でもひっぱたいてやろう）と思った。おけいが声を出して泣いていると定平がうしろから、

「どうした？」

と声をかけた。

「あいつが、ツクネ糞をして、その上へホタルをいっぱいつけて」

そう云って、おけいはもっとでかい声を出して泣いた。

「惣蔵の奴がか？」

と、定平は向うに寝ている惣蔵の方を睨んだ。おけいも目をふいて惣蔵の方を眺めた。あそこで寝たふりをしているが眠ってはいないのである。寝たふりをして、おけいの口惜しがってる様子を伺っているのである。上を向いて寝ている顔つきはたぬき寝入りだということはよくわかるのである。（あれ程のことをして寝てしまう筈がない）と思った。（あんなことをする根性は）と思った。おけいはますます腹が立ってきた。腹の虫が納まらないのである。気がついて、おけいは自分の鼻の上に手をやった。またハッと思った。さっき、ホタルを摑んだ時に嗅いで、鼻の先へもつけてしまったのだった。急いで橋の下へ駈

けおりて川で顔を洗った。家の中へ入って惣蔵の寝ている枕許へ坐った。びたんと惣蔵の横ッつらをひっぱたいた。それでも惣蔵はまだたぬき寝入りをしているのである。おけいは涙が出てきた。（こんな悪いことをする奴が）と思った。（こんな悪いことをする奴は可哀相な奴だ）と思ったら涙がまたポロ〳〵とこぼれてきた。惣蔵の目は少しずつ開いてきたのである。目と目があうと、惣蔵はパッと目を開いた。凄い目つきでおけいを睨んで顔を横にむけた。おけいはその目つきを見て（普通の目つきじゃァない）と思った。生れた時に田螺《たにし》のような目つきだったが、今の目つきは田螺にそっくりだった。（まだ八ツだが、あの目つきの様子では、いまに、どんな悪いことをする奴になるらか？）と思っておけいは大声で泣いた。

夏になって馬のお祭りの日が来た。八代の虎吉がいくさから帰っていて、お祭りに来たがもう馬のお供にも出なかった。一日中、定平の家にばかりいた。昼すぎにタツも来た。乞食のような身なりで入口に腰をかけて通る馬を眺めたりしていた。タツがおけいの腹を遠慮もなく眺めるので、おけいは、

「去年平吉をもったばかりだけんど、今年も生れるのでごいす、今年ゃ四十二にもなるに」

と、恥かしそうに云った。

「ボコは多いだけいいさ」

　と、タツはひとりごとのように云った。それから、おけいのそばへ寄って口を近づけて、

「あの時の、ノブのボコは育ってるぞ」

と云った。

「あれ、どこで？」

とおけいは聞いた。タツは笛吹の方へ目をやって、

「ずっと、川かみの方だ」

と云った。それから、

「塩山《えんざん》のお寺で」

と云うのである。

「お寺で？」

とおけいは聞き返した。

「お寺の門の前へ捨てておいたら、そのあしたからお坊さんがボコを抱いて、貰い乳をしながら歩いているのを、ちゃんと見とどけといた。ときどき様子を見に行ってるけんど、育ってるぞ」

　と云って、タツは目を光らせていた。

「お寺じゃ、身許を知ってるけ？」

と、おけいが聞くと、

「知らんさ、なんにも知らなんで育ててるだ」

と云った。その時、石和の陣屋の人が二、三人、表を通りながらタツの顔を見ながら通って行った。定平がすぐ家の中へ入ってきて、

「陣屋の人達は、お前《めえ》を連れて行く気もねえらしい」

と、タツに云った。それからおけいに、

「タツのことなど、別に、なんとも思っていねえらしい」

と云った。またタツに向って、

「この家に、ずっといればよい」

と云うと、おけいも、

「この家にいても、連れてゆかれるようなこともねえから」

と云ってすすめた。タツは返事もしなかったが日暮れになっても帰らなかった。定平もおけいも（今夜は泊って行くら）と思っていた。その宵のうちにおけいは産気づいて夜おそく女のボコをもった。定平が家の横の暗がりへ産湯をこぼしたらタライに木の枝がひっかかった。手で除けようとして持ち上げて、思わず（あれッ！）と目を見はった。木の枝に、しなびた小梅が房になってついていた。八ツ房の梅だったのである。

「誰がこの梅の枝を持って来たのだ？」

と、でかい声で定平はひとり言を云った。朝になって惣蔵に聞いたら、

「昨日、お祭りの馬の後をついて行って、川田の畑の中からくじいてきた」

と云うのである。

「あの梅は、この家の御先祖さんが、血で汚《けが》した信玄様の後産《のちざん》を、清めるために植えた梅の木だ。今日に限って、あんなところへ持って来て、俺家《おらん》の産湯をかけてしまったじゃねえか」

と、定平は口の中でブツブツ云った。

「梅の木に、縁があったずらに」

そう云って、女のボコにウメという名をつけた。

タツはギッチョン籠へ来てよく泊った。夏の終り頃、定平は一丁ばかり離れた川しもの土手下へ、物置きのような小屋を建ててタツをそこへ住ませた。タツは土手を誰か通るとわめき声を出した。何を云ってるかわからないが人さえ通れば騒ぎ立てるのだった。村の人は、

「土手の気狂え」

と呼んでいた。ときどき、惣蔵や安蔵が土手の上からタツの小屋の屋根藁へ石を投げた。投げてから少したつと、わい〳〵とタツが騒ぎ出すのである。だが、おけいか定平が行くと騒ぎ声も出さないで当り前の話をするのである。

「なにも、あんな気狂えの真似をしなくても、怪しがられもしねえらに」

と、おけいは定平によく云った。そのたびに定平は苦虫をかみつぶしたような顔をするのだった。

よく晴れた朝だった。笛吹の流れが泥で濁っていた。

「川上にゃ、ゆうべは雨が降ったらしい」

と、定平はひとりごとを云った。それから、

「土手普請もあらかた終ってしまったなァ、お屋形様が一所懸命やれと云って、土手普請ばかりしたから、この辺にゃ、もう土手の仕事もねえぞ」

定平は川に向ってこう云った。刈り入れが始まるとおけいはウメをおぶってよその家へ手伝いに行った。惣蔵が平吉の面倒をよくみるようになったので、おけいは子供だちを連れて手伝いにも行けた。暗くなってから帰ってきて、

「飯は、惣蔵も、みんな、向うの家で呼ばれて来やした」

そう云いながら、おけいは定平の飯の分だけの仕度をした。呼ばれるということは貰って食べるということだった。そのあしたから定平もオヤテットに出た。オヤテットというのは手伝いに行く男のことで、定平は始めてオヤテットに出て行ったのだった。

——そんじょそこらのオヤテットより、馬のあとさきょ陣屋味噌《じんだんみそ》かつげ——

こんな諺のような文句をこの頃云う者があった。陣屋味噌を担いでいくさに行った方が

オヤテットに行くよりは割りがよいというのである。定平は先祖の云いつけ通り、いくさには行かないことにしていたのでオヤテットに出たのだった。野良仕事に行ったり、垣根をこしらえることもしたり、植木の手入れ仕事にも行ったりした。オヤテットに行く者が少なかったのでいろいろの仕事をさせられたのだった。おけいもウメをおぶって手伝い仕事に行った。おけいが行くと、あとから惣蔵が安蔵や平吉を連れて来ておけいのそばで遊んでいた。

その冬、寒の最中にタツが川の中へ飛び込んだのである。

「えーッ」

と云って、定平は土手を駈けおりて行った。

「タツ、ふんとに、お前《まん》は気が違ったのか？」

と云いながら定平はぽろ〳〵涙をこぼした。タツは小さい声で、

「おがんでいるだよ、恨みが晴らせるように、おがむより外に道はねえから」

そう返事はするが定平の方は見もしないのである。川の中に坐って、腰までしかない深さだが矢の様に走っている水の流れを、おけいも定平も、どうすることも出来ないで見つめていた。タツはなんだかわからないことを口の中で云っているのである。

「あんなことをするようじゃ、身体をこわしてしまうに」

と、おけいは云っているが、止めさせることも出来ないことを知っていた。寒中、タツ

は一日に一度は川の中へ入って拝んだのだった。口の中でつぶやくように云って、終ると土手へ這い上って来るのだった。

定平もおけいもオヤテットに行って、四人のボコも大きくなった。いつかの夏、次男の安蔵が夜になっても帰らないのである。村中の人が松明《たいまつ》を焚いて土手や川の中を探したが見つからなかった。

「神がくしにあったずら」

とおけいも定平もあきらめて家へ帰ったら縁の下の味噌樽の横で鼾《いびき》が聞えるのである。

（まさか？）と思ったが安蔵が寝ていた。

「前の晩捕ったホタルを見ようと、味噌樽の陰を暗くして、ホタルを眺めているうちに寝ちまったのでごいす」

と、定平は村中を一軒ずつ同じことを云って謝まり歩いた。いつかの年の暮、定平はおけいより早く家へ帰って、土手を帰って来るおけいの姿を眺めたのである。疲れた足をひきずってこっちへ来るのだが、その恰好は後からついて来るまだ六ツの平吉に追い立てられるように見えるのである。（えらく、働かせてしまった）と定平は思った。そう思うとおけいにだけ今まで苦労をさせてきたような気がしてきた。急におけいが可哀相になって申しわけがないように思えた。今までおけいに無理ばかりをさせて、いじめて暮してきたような気がしてきた。定平は水桶を持って橋の下へおりて行った。水をくんで上ってきて

橋の袂で待っていた。おけいがそこまで来たので、

「えらく疲れつら」

と声をかけた。家の中へ先に入って、おけいの後から来る平吉やウメに、

「足を洗え」

と云いながら水桶を出してやった。おけいがあわてて、

「あれ、わしが水をくんで来たのに」

と云うので定平は、

「水ぐれえ、今日から俺がくんでくるから」

と云った。それから、

「お前《まん》も、いつまでも、力仕事はなるべく少なくした方がいいぞ」

と云った。

「あれ、そんなこたァごいせん」

と、またあわてておけいは云った。おけいを庇うようになって、定平は、仕事には勢いがついたが白髪もふえていった。舞を舞うような働き者だったおけいも、定平が庇うようになったら、尚、弱くなった。「ボコを四人もち終った頃から」と云って腰をさすっていたおけいの姿を（あの時は気にもとめなかったが）と、定平は思ったりした。タツは「土手の気狂え」と云われて髪がまっ白になっていった。子供達だけは勢いがよく大きくなっ

て、ウメが七ツの時、惣蔵は塩山の於曾《おぞ》へ野良男になって行った。十四だが、足は定平より大きかった。どんな悪い奴になるかと思っていた惣蔵だが、大きくなったら優しい気性だった。

「塩山の於曾へ行くだァ」

と、ひとりごとのようによく云って、嫌がる素振りもなかった。世話人に連れられて土手を川かみへ歩いて行ったが世話人より先にたって歩いて行った。だが、遠くへ行ってから、後をむいたまま歩いて行くのをおけいの片目は見逃がさなかった。いつかの晩、橋向うの土手下の鶴やんの家では十二になる娘が、夜、寝ているところを、蜂に目のきわを刺されてしまったのである。

「災難はどこにあるか、わからんものだなァ」

と、定平が云った。

「家の中に蜂が巣をつくっていたということでごいす」

と云って、おけいはウメが刺されたのでなくてよかったと思った。まだ九ツにしかならないウメだが、

「あと、二、三年たてば、ウメがわしの代りになりやす」

そう云って、ウメが役に立つようになるのを嬉しがっていた。いつかの夏の暑い日に、

「安蔵さんが、五十五両へ飛び込んだそうでごいす」

と村の人に云われておけいも定平もぞっとした。笛吹の川しもに五十五両という川底が釜のようになっているところがあった。いつでもウズを巻いていて、巻き込まれたら出られないと云われている所だった。

「お前《まん》、ふんとに泳いだのか？」

と、定平が聞いた。

「あゝ」

と、安蔵は答えただけだが、自分でも怖《お》っかなかったらしいのである。（ノオテンキの奴だ）と、定平は舌を巻いて、惣蔵より悪玉の奴だと思った。いくさに行って死んだノオテンキの半蔵がそうだったが（この家には、確かにノオテンキの血統があるのだ）と思った。いつかの夕方だった。八代の虎吉が表に来て、飛び込むように家の中へ入って来た。

「あれ！」

と、おけいがびっくりする程乱暴に上り込んだのだった。虎吉は、

「三方ヶ原《みかたがはら》のいくさから帰って来たとこだ、お屋形様は死んだぞ」

と、早口でささやくように云った。

「信玄様が死んでしまったのか！」

びっくりして定平は大声でこう聞き返した。虎吉は怒るような顔つきをして、

「黙ってるだぞ、まだ、俺だけしか知らねえのだから」

と云った。定平は虎吉の側へ寄って行って、

「いくさでやられたのか？」

と聞いた。それから、川の中へしゃがんでいた時のタツの恰好が目に浮んだ。タツが拝んだからだと思った。虎吉は目を光らせて、

「知ってるのはまだ俺だけだぞ」

と云った。それから、

「お屋形様の人だちと……」

とつけ加えた。

「お前《まん》はどうして知ってるだ？」

と、定平が聞いた。

「俺は死骸を運んで来たのだぞ、それだから知ってるのだ」

と、虎吉は教えるような口ぶりだった。

「担いで来たのか？　どこから担いできた？」

と、定平はほじるように聞いた。

「信州の伊那からだ、伊那で死んだのだヮ」

そう虎吉は云って、また、

「旅先の陣屋で死んだのだぞ、死病がまえから出ていたというわけだ、かなり前から痩せ

ていたから」

と云って、虎吉はよく様子を知っているという風な口ぶりである。それから、

「寿命がなかったというわけだ」

と云った。定平は表へ出て、急いでタツの小屋へ行った。小屋の外で立止って、見廻して、人がいないのを確かめた。小屋の中へ入ってタツの側へ行った。

「お屋形様が死んだぞ」

と、小声で教えてやった。喜ぶかと思ったがタツは顔色も変えなかった。教えに来た定平の顔も見ないのである。身動きもしないし、目も動かさないけれども、射るように前方を見つめている顔には（祈り殺したのだ）と云ってるような自信が顔中に溢れていた。

「病気で死んだのだ、伊那の陣屋で」

と、定平がまた教えてやった。小屋の外に出て、中をまた覗いた。坐っているタツの後姿を眺めて（思いが叶ったから、よかったじゃ）と思って定平は肩の荷がおりたようだった。いつかの日暮れ、橋の袂で安蔵と平吉が黒ブドーを食いながら皮を吹き飛ばしていた。二人で吹き飛ばす競争をしているのである。

「強情の奴だなァ、平吉も」

と、定平は口の中でつぶやいた。

「三人の男のボコじゃァ平吉が一番荒っぽい気性でごいす」

とおけいが云ったことがあるが（その通りだ）と思った。平吉が一番荒っぽかったが安蔵は一番怒りっぽかった。いつかの雨の降る日、定平に何か云われて腹を立てて、ぷいと、どこかへ行ってしまったのである。二、三日たって、

「安蔵やんは、石山で石掘り人足をしている」

と、教えてくれる人があったのでおけいは連れに行った。雨あがりのグシャ〳〵道を、藁草履をビタ〳〵させておけいは急いだ。仕事をしている安蔵の前に立ち塞がって、

「黙って家を飛び出すなんて、働きに出るなら、気持をよく出ればいいじゃ」

そう云って連れ戻した。帰って来てからは、そっとしておいたが、それから間もなく板垣へ奉公に行った。奉公先を何度も変えて、「馬方茶屋の水くみをしていた」とも聞いたし、荷車の「荷の肩を貸していた」ということも聞いた。いくさの荷馬の後をついて行ったということを聞いた時は、

「いくさに行くなんて、ボコを一人なくしたと思え」

と、定平はおけいを怒った。心配する程でもなく安蔵は間もなく家へ帰って来たのである。帰って来たのだから黙っていようと思ったが、

「てめえ、いくさに行ったというじゃねえか」

と云って、定平は嫌な顔をした。

「あ、、ちょっと、鰍沢《かじかざわ》まで、頼まれて」

と、安蔵は軽く云ったし、いくさに行った様子でもなかった。また奉公先を見つけて、

「なんでも、上条《かみじょう》あたりの、矢や刀を作る家に住み込んでる」

と、村の人が後で知らせてくれたので、定平もおけいも、

「それに違えねえ」

と云いあった。いつかの朝早く、おけいは川で米をといでいて、橋を通る鶴やんのおばさんを見上げた。別の人ではないかと思う程すました顔をしているので（あれ？）と思った。身なりもちゃんとしているのである。

「どこへ行くのでごいす？」

と、声をかけたがそっぽを向いたまま行ってしまったのである。

昼頃になって、

「鶴やんの家の娘が、お屋形様のお城へ奉公に行くぞ」

ということを村の人から聞いておけいは膝を打った。（今朝は、いやに鼻息が荒っぽかった）と思った。（そういうわけなら無理もねえ）と思った。

その日、定平は裏側の手すりに寄りかかって、何げなく縁の下の馬小屋を見下ろすと、惣蔵がしゃがみ込んでいるのを見つけたのだった。塩山の於曾へ行っている筈の惣蔵である。間違いではないかと思って、

「おい、惣蔵じゃねえか？」

と、大声で声をかけた。だが、惣蔵は下をむいたまま返事もしないし、こっちを見もしないのである。咄嗟に定平は（暇を出されたのだ）と思った。（何か間違いでもしでかして追い出されてしまったらしいが、云い出すことも出来ないで困っているのだ）と思うと、定平は急に惣蔵が可哀相になってきた。黙って惣蔵を見おろしていたが、たまりかねて表へ出ると家の横をまわって縁の下へおりて行った。惣蔵はまだ下を向いているのである。黙って指先で土をほじっているので定平はすぐそばへ並んでしゃがみ込んだ。

「おい、暇を出されたのか？」

と、慰めるように尋ねた。それでも惣蔵は返事をしないのである。（惣蔵が暇を出されるなんて、よくよく向うが間違った奴だ）と定平は思ったので、

「暇を出されても心配するこたァねえぞ、向うがわからず屋なら、なにも、そんな家へ我慢しているこたァねえ」

そう定平はブツブツ云って、もう塩山へは帰らないでもよいと思った。奉公先などは変えた方がよいと決めてしまったのだった。惣蔵は下をむいたまま、始めて口をきいた。

「俺《お》らァ、聞いて貰いてえことがあるけんど」

と云い出したのである。定平は（あれッ！）と思った。変にしかつめらしい云い方をするので惣蔵の顔を覗き込んだ。惣蔵は困っている様子など少しもないのである。定平が顔を覗き込んでいることなどは、そ知らぬような顔つきをしているのである。あまり意外だ

ったので定平はまた（あれッ！）と思った。そうすると惣蔵はひとりごとのように、

「俺らァ、いくさに行くだァ」

と云ったのである。

「えっ？　バカ」

と、定平は思わず云った。驚いてまた惣蔵の顔を見ると、惣蔵は定平に怒られることなどは覚悟を決めているらしいのである。

（いつから、こんな、自分勝手な男になってしまったのか？）

定平は呆気にとられてしまったので、ものも云わず家の横へ上って行った。表へまわって入口へ腰をかけたが、そばにおけいがいても、おけいに話す気力もぬけてしまった。おけいは近津の土手の方を眺めていた。向うからワカサレの源やんのおかみさんが息子の孝助と二人でこっちへ来るのを眺めていたのだった。

（嫌だよう、また来たのか？）

と思うと、身ぶるいがするぐらいだった。

（また平吉が何かしたのに違いなかった。あの母子《おやこ》は、この家へ追い込んで来るのだ）

と、察してしまったのだった。追い込むということは親をつれて文句を云いに来るのであるが、ワカサレの孝助やんも平吉も同じ年で十四だった。お互いにもう子供ではない筈であるが源やんの家では追い込んで来ることが何回もあった。それに孝助やんは平吉より

ずっと身体が大きいのである。喧嘩をして、いつもひどいめにあわされて追い込んで来るのだが孝助やんは弱いくせに意地が悪い奴だということは村では誰でも知っていることである。代々、親を追いだしたワカサレの源やんの息子で、孝助やんも、いまに、きっと親を追い出すだろうと云われているぐらい意地の悪い息子である。平吉がいじめても、むこうが悪いのに決っているのだが、追い込まれるたびにおけいは平謝りに謝まるのである。謝まった後でおけいはいつも平吉を怒るのだが腹の中では（でかいなりをして、親を連れてきて）と思っている程だった。あの母子の顔を見るとおけいでさえも虫ずが走るぐらい嫌いだった。その母子が向うから来るので、おけいは入口に坐っていたが表の方は見ていないような顔をしていた。源やんのおかみさんは案の定、家の前まで来て立止った。息子を外に立たせておいて自分だけ入って来ると、定平がいるけれどおけいに向って、

「何が憎いか知れんけど、うちの孝助の顔さえ見ればゲンコをくれたり、ツバキをひッかけたりするけど、なんの恨みがあるのでごいす」

と、嫌味たっぷりな云い方で追い込んで来たのである。おけいは腹の中で（今日は、なんと云って帰そうか？）と考えていたがうまい智恵も浮んでこなかった。定平がなんとか謝まってくれるだろうか？　と横をむいたが定平もなんとも云ってくれそうもないのである。だが、その時、源やんのおかみさんは黙って家の外へ出てしまったのだった。外で、

「ずうずうしいにも程がある、返事もこかんじゃ」

と息子に云った。あわてておけいは、

「あれ、お悪うごいした」

と、お世辞のように謝まって表を見ると、橋の袂で平吉が凄い顔をしてこっちをむいているのである。源やんの母子は平吉が睨んでいるのに気がついたのだったとすぐわかった。小走りに逃げるように帰って行く母子を眺めながら（ボコがだんだん大きくなれば、なんにつけても気強いものだ）と思った。そんな気がして、おけいは四人もボコをもったことが、今更、有難いことだと思った。

定平は入口に腰をかけていたが表へ出て、また縁の下の方へ下りて行った。惣蔵はまだしゃがみ込んでいるのである。惣蔵の耳へ小声で、

「タツがあんな気狂えになったわけを知ってるか？」

と云った。タツが気狂いの真似をしてまでお屋形様に恨みを晴らそうというわけは、今まで子供だちには話さなかったのだった。定平とおけいだけで八代の虎吉でさえ知らない筈である。それ程、知られるのを怖れていたことだった。だが定平は今、思い切って話そうと決心したのである。話そうと思った時、

「知ってら……」

と惣蔵はひとりごとのように云った。定平は胸をつかれたようだった。知っていたということより（知っていてもいくさに行こうという惣蔵の考えだったたか！）と思うと度胆《どぎも》を

抜かれたようだった。定平は、

「わしのお母ァも、家中殺されてしまったのだぞ、お屋形様に」

と、説明するように云った。惣蔵は、

「知ってるから、俺も今まで考えていただヮ。殺されるような奴は、それだけ悪いことをしたずらに」

と云うのである。(自分で勝手なことを決めてしまってる)と定平は思った。

「バカ、なんにもしないのに殺されてしまったのだぞ、家中の者が」

と、定平は云った。それから、

「半蔵というおじやんがあったけど、やっぱりいくさに行って死んでしまったのだぞ、えらいノオテンキの人だったからいくさに行ってしまったのだ」

と云い聞かせた。そうすると惣蔵は、

「そのおじやんが敵の大将をやッつけたずらに」

と云うのである。その云い方が力んで云っているので定平は(こいつも、いくさに行って敵の大将をやッつけるつもりだ)と惣蔵の腹の中がよくわかったような気がした。定平は、

「そんなことをしても、すぐ死んでしまったぞ、いくら敵の大将をやッつけても、いくさに行けば死ぬにきまっているじゃねえか」

と、早口で云った。だが、惣蔵は、そんなことは聞えもしないという風な顔をしているのである。いくさに行こうとしか考えていないので、よせという話は聞こうとしないのである。（惣蔵はもう腹を決めているのだ）と思った。（口で云ったりしても駄目だ）と思った。どうしようもないので定平は地面を見つめていた。（惣蔵はいくさに行くことに腹を決めているのだ、それでも、ここへ聞きに来たのだ）とも思った。（安蔵なら、こんなことを云いに来はしない、とっくに、勝手に行ってしまったのだ）とも思った。そう思えば惣蔵がいじらしくもなってきた。定平は気がいらいらしてきて、立ち上って家の横へあがって行った。表の入口へまわるとおけいがいた。定平はおけいの方は見もしないで橋の方を眺めながら、

「二十《はたち》にもなれば、てめえの思うようにしなければ承知しないというもんだ」

と口の中でブツブツ云ったが、おけいに聞かせるつもりで云ったのだった。おけいの耳によく聞えた。（二十《はたち》にもなれば）と云ったが惣蔵のことを云ってるのだとすぐわかった。おけいは惣蔵が来ていることなど知らないので、（何を？　急に、そんなことを？）と首をかしげた。定平がまた、

「いくさに行くだとォ、惣蔵の奴が帰《けえ》ってきて、馬小屋のとこへ」

と、ブツブツ云った。おけいは飛び出して家の横へまわった。縁の下の所に惣蔵の姿が見えたので、

「えッ」

と、声を立てて下りて行った。

夕方になっても、夜になっても定平は黙り込んでいた。おけいはときどき、「ボコなんてものは、でかくなれば手前勝手《てめえかって》のことしかしないもんでごいす」と、云ってみたり、「この家のことを思っていくさに行きたがるのでごいす」と云ったり、「いくさに行けば殺しにやると同じでごいす」と、云ってみたり、「いくさにでも行かなきゃ、一生、オヤテットでごいす」と云ったりしていた。惣蔵は日暮れまえに塩山へ帰ったが、その年の暮、暇をとって帰って来てその日にいくさに行った。

「いくさから帰って来たら嫁をもたせなきゃ」

と、定平は云った。おけいは、

「来年は、ウメは十四になるから」

と云って、話し相手になるのは女のボコだけだと決めていた。

年があけて早々、惣蔵は帰って来た。八代の虎吉の手下になっているというのである。

「それじゃァ、お前《まん》を虎吉に預けておくというもんだ」

と定平は云って、いくらか気安めになった。

「虎吉なんて云うもんじゃねえよ、今は大隅《おおすみ》ノ守様《かみさま》と云ってえらくなってるだから」

と、怒るように、教えるように惣蔵は云った。

「それじゃァ、大将になったというもんだ」

　そう云って定平は驚いた。惣蔵は一晩泊っただけで行ってしまった。行くときに、

「早く嫁を貰うように」

　と定平が云ったら、すぐ虎吉の耳に響いて虎吉が嫁を貰わせた。虎吉の死んだ旦那の遠縁の娘で、男兄弟はみんな、去年三河の長篠の合戦で討死して身寄りのない娘だということだった。嫁を貰うと、

「ノオテンキの半蔵おじゃんは土屋半蔵という名だった」

　そう虎吉が云って惣蔵は土屋惣蔵という名になった。惣蔵は帰る時に、そっと平吉に耳うちをしたのだった。「八代の虎吉が大将になったのは、去年長篠の合戦で大将があらた死んでしまったから、大将が減ってしまったからだ」と云うのである。

「今は大将が少ないのだぞ」

　と惣蔵は力をこめて云った。

「三河の長篠で負けたから、敵は味をしめて近いうちに攻めて来る」

　惣蔵はそう先を見てとったというのである。

「その時は一働きして見せるから、お前《まん》も飛んで来い」

　と、平吉に云い置いて帰ったのだった。惣蔵がいくさに行ったのは、定平に内緒で八代の虎吉が誘ってくれたと云うのである。

「それだから、俺も内緒でお前《まん》にだけはあかすのだ」

と云って、惣蔵は平吉にだけは何もかも教えてやったのだった。

惣蔵が嫁を貰った時に、

「嫁を貰って、ボコが生れれば」

と定平は思った。思う通りに次の年ボコが生れた。男で、久蔵《きゅうぞう》という名を虎吉がつけてくれた。

「嫁の顔は見ないでも孫の顔は見てえさよォ」

とおけいが云うので定平とおけいは孫の顔を見に甲府へ行った。惣蔵の家は陣屋のような構えだった。嫁の血縁が絶えてしまったので家屋敷まで惣蔵夫婦のものになったというのである。嫁にも逢ったが、

「ギッチョン籠の家は嫁に見せたくねえ」

と、おけいも定平も申し合せて、

「石和より東へ嫁を連れて来るな」

と、内緒で惣蔵にだけ云い含めて帰って来た。

次男の安蔵がいくさについて行ったということを聞いたのはそれからすぐだった。

「まあ、十九の年にいくさに行って、どこへ馬の骨とでも一緒に埋《い》けられるか知れんというもんだ」

と、定平はあきらめるようにおけいに云った。おけいは、

「ボコを一人、なくしたようのもんでごいす」

と云った。だが、

「安蔵みたいなものが、偉い大将になるかも知れんでごいすよ、虎吉みたように」

とも云うのである。おけいはひょっとしたら安蔵のような「短気だ」とか「怒りっぽい」者がいくさに行ったら手柄をたてるではないかとも思えるのだった。

雨が降ると家の中へ水が漏って、そのたびにおけいもウメも蓙《ござ》をたたむのにあわてるのだが、その日、雨の中をタツが川上から土手を濡れながら帰って来たのである。

「あれ、どこへ行ってきたずら？　ゆうべから？」

と、おけいが云った。また、

「今朝、飯をもって行ったら、ゆうべの飯がそのままだったけど」

と云った。そう云っておけいは首をかしげていた。

「たまには出かけることだってあるさ」

と定平は云って、別に気にもとめなかったが、おけいは、

「この頃はよく出かけやすよ、せんには、たまにしか留守をしなかったけんど、この頃は泊りがけで」

と云って心配していた。ウメが笑いながら、

「いつか、塩山の方で逢ったという人があったけんど、まさか雨の中を塩山へ行くわけもねえら、用もないのに」

と云った。おけいはその時（そうだ塩山だ）と思った。タツが塩山の方を歩いていたことは聞いたが、その時は気にとめなかったのだが（あの時のボコが塩山にいるのだ）ということに気がついた。臨月のノブが斬られて、死んでからもった男のボコは、たしか塩山のお寺の門の所へ捨てて来たと云ったが、育っていることも聞いたと思った。この頃、よく留守をするのは、そのボコに変ったことでもあったのに違いがないと察してしまった。気になったので雨の中をタツの小屋へ行った。外で、

「めしは、ゆうべから」

と声をかけた。中を覗くと飯を食べていた。おけいは中へ入って、

「塩山のお寺のボコに、変ったことでもあったのでごいすけ？」

と聞いた。タツは黙ったまま飯を食っているのである。

「この頃はよく出かけやすけんど、死んだじゃねえでごいすか？」

と云ったが、タツは黙ったままである。返事をしないのでタツの顔を見ていた。そうすると、タツは首を横に振って見せるのである。

「それじゃァ、生きているのでごいすねえ」

と聞くと、タツは首をうえ下に動かした。

平吉は定平と一緒に毎日、オヤテットに出て行った。行く先の家では、きっと、

「甲府へ行って惣蔵やんの家を見て来た」

と云うのである。村では誰もが惣蔵のことを話していた。

「村で一番のお大尽《でえじん》は、定平やんの総領だ」

と、云わない人はなかった。平吉までがそんなことを云う時があるので、

「てめえの家のことを、威張るもんじゃねえ」

と、定平は教えるように云った。

八

年があけて、ウメは十六になった。

「この家へ、ウメに婿をとって」

とおけいは云い出したのである、おけいは、平吉もきっといくさに行ってしまうから、この家にはいないだろうと云うのである。

だが、定平は、

「平吉はいくさに行く様子がねえから」

と云って、

「平吉だけはオヤテットをして、この家の跡をとる」

と云い切っていた。

意気地なしで意地が悪いワカサレの孝助やんがいくさに行ったということを聞いた時、

「平吉が、この家に、おとなしくしているわけがねえ」

と、定平が云い出したのである。もし、平吉が「いくさに行く」と云うのなら、「それはワカサレの孝助の奴のせいだ」と云って、定平はワカサレの息子を憎がった。だが、平吉はいくさに行く様子もなく、定平と一緒にオヤテットに出掛けていた。定平は腹の中では（いつ平吉がいくさに行くと云い出すかわからない）と思っていた。時々、平吉に、

「ワカサレの馬鹿息子なんぞ、いくさに行って、まあ、ロクなこともねえら」

と云ったり、

「ただ行きさえすれば、行くだけじゃ誰だって行けらァ、ただ、役には立つめえ」

と云って馬鹿にしていた。孝助やんを馬鹿にして、それとなく平吉にいくさへ行かないように思わせたかった。そう云うと平吉は、

「あの家じゃァ、あいつより外に行く人がねえからだ、一人息子だから」

と云った。平吉は、家では二人も行ったのだから自分は行かないでもよいという風な口ぶりなのである。そのたびに定平は（そんなことを云うけんど、お前《まん》も行きたいくせに）と思って、そんなことを本気にする程間ぬけではないと思っていた。おけいは、

「ワカサレの家では親が行け行けとすすめたのでごいす。先祖代々親を追い出したから、こんどは自分が追い出される番だから、息子を追い出したのでごいす」

と云って、やっぱり、それとなく平吉に止めさせようとしたのだった。孝助やんでさえ行ったのだから、いつかは平吉も行くことになるだろうと、おけいも定平も怖れていた。だが、平吉に面と向って「いくさに行くな」とは云わなかった。そんなことをいくら云っても惣蔵のように、行くと云い出したらどうしようもないもので、子供でも大きくなれば親の云うことなど聞かないものだということはわかり切っていたからだった。

その夏、大雨が降り続いて笛吹が出水した。半月も雨の日が続いて、あげくの果に篠を突くような雨が降り出したのだった。後で村の人が、

「親指ぐれえの太さの、棒を並べたようの雨が、こぼした様にまっすぐに降って、一寸先《いっすん》がわからなかった」

と、語り草になった程の大雨だった。笛吹の土手は切れなかったが枝の川が荒れた。人が死んだり家が流された。

「山へ逃げて、山が崩れるとは思わなかった」

と云って、

「洪水の時には山へ逃げるな」

と、後の代にまで云い残そうと誰でも思った程、枝の川が暴れた。笛吹が切れなかった

のは、「信玄様の堤は、信玄様がお指図の堤は」と誰でも云って、「先代のお屋形様が作れとお指図で作った土手」は切れなかったのである。

誰でも、

「どんな雨が降っても、信玄堤が切れたら首をやる」

と、後の世まで語り伝えようと云った程、笛吹の土手は強かった。

出水の時に定平だちは甲府へ逃げる間がなかった。竿を並べたように雨が降り出した時には、

「川田へ行くには、橋は胸元まで水が」

という騒ぎを聞いたのである。定平はウメの手を握って、平吉はおけいを抱くようにして八代へ逃げた。八代で、逃げた人だちは一塊りになって、岡のでかい家に入れてもらって雨が止んだ。

「雨が止んだ後で風が吹けば、山の木の葉をゆすって一時に水かさが増す」

そう云ってみんなが心配していた。(風が吹かぬように) と誰もが思っていたのに、雨が止むと凄い風が吹いてきた。唸るような風の音でおけいはふるえ上るし、ウメは涙をこぼして怖ろしがった。

「あのお森は、ちょっと風が吹けば、あんねに唸るような音がしやすよ」

と、土地の人が云ってくれたので定平も胸をなでおろした。

「大したこたァねえ」

　と云って、ウメをなだめたりおけいを安心させた。八代から帰って来ると、ギッチョン籠は縁の下の馬小屋もそのままだった。（馬小屋へは水は一尺ぐれえしかつかなかった）と定平は思った。

「土手と道がしっかりしていたから、その蔭になって」

　と定平が云うと、

「土手か道か、どっちか崩れたら、駄目でごいした」

　と、おけいも云って相槌を打った。定平は馬小屋を見ているうちに、ふっと、預けお馬のことに気がついたのだった。この頃はお馬宿《んまやど》をしたことがないのである。そう思えばこの五年の間に数える程しかなかったのである。それも日かずも僅かで、来てもすぐ連れて行ってしまうのである。（いくさが下火になったので、まずい方へむいたでは？）と思った。家の中へ入っておけいに、

「勝頼様の代になってから、オンマ宿が遠のいたけんど」

　と話しかけると、おけいが、

「いくさは遠くでやっているのでごいす、この辺にゃ用がないのでごいす」

　と云うのである。カマをかけるように、

「いくさが下火になったじゃねえらか？」

と云うと、おけいは、

「いくさが少なくなったのでごいす、勝ってばかりいるから、いくさをするにも相手が無くなったでごいす」

と云うのである。そう云われればそんな風に思えるのである。（いくさは少なくなってよかった）と思った。（おけいもそう思うら）と気強くなった。

定平だちが帰ってきたその次の日に、タツが帰ってきた。八代へ逃げようとした時、タツは一人で川かみの方へ逃げたのだった。

（塩山のボコの方へ）

と思ったのでおけいは止めなかった。ギッチョン籠は流されなかったが、ずっと川しもの春やんの家では畑がえらいことになったのである。畑の土を六尺も厚く流されて石ばかりの畑になってしまったのだった。みんな見に行って、定平も帰って来ておけいに、

「たまげたなァ、あそこへ土を埋めるにゃ」

と云って、また、

「うめるにも土がねえら」

と云い直した。それからまた、

「埋める土があっても、一生かかっても運べねえら」

と云った。大きい声で話したので表を通る人にも聞えて、

「石を運び出しても、あんな石はどうしようねえ」

と、云った。その人もやっぱり見て来た人だった。おけいが表の人に、

「その畑の土はどこへ流れたずら?」

と聞いた。平吉が笑って、

「どこへ流れて行ったか洪水の水に聞いて見なけりゃ」

とふざけて云った。

「笑いごとじゃねえ、家中泣いてるぞ」

と、定平は怒るように云った。定平は表へ出て川しもへ歩いて行った。春やんの畑へ行くと、春やんの婆ァさんが土手に腰をかけていた。定平は、

「えらいことになりやしたねえ」

と云いながら婆ァさんの杖を除けて腰をおろした。

「運でごいすよ、三河のいくさで総領は死ぬし、その孫だちをみてくれる婿の代に畑が石の畑に化けてしまって」

と云って声を立てて泣くのである。定平は教えてやることがあって来たのだった。

「この畑は低くなったのだから、こんど大水が出れば、きっと、土が流れて来るから、心配することたァねえ」

と教えてやった。そうすると婆ァさんは、

「こんどは、いつ大水が出るらか？」

と聞くのである。定平は返事に困ったが、

「またすぐ出るさ、毎《まい》とし〳〵水が出るだから」

と云って立ち上った。春やんの婆ァさんは逢う人ごとに、

「こんどは、いつ大水が出るらか？」

と聞くのである。村の人は、

「頭が、どうも変になった」

と云って相手にしなかった。定平は、

「大水が出れば、きっと、土を運んで来るから、春やんの婆ァさんは正気だぞ」

と、村の人に逢えば必ずそう云った。

年があけて、ウメは十七になった。おけいはウメに婿を貰わなければと思っていた。平吉は、いくさに行くと云い出したら行くのに決っているのである。そうなれば定平は（怒り出すにちがいない）と思った。怒られても平吉は、つまりは行ってしまうのである。その時は、おけいは定平のなだめ役をしなければならないのである。ウメに婿を貰っておけば、ボコでも生れれば（この家はそれでよいのだ）と思っていた。話し相手にならない男のボコを三人も、もったが、女が一人あるから、ウメだけは話し相手になるから、と、おけいはウメに婿をとることに腹を決めていた。だが、婿を貰うにも相手がなかった。定平

と一緒にオヤテットに出てくれる相手であればよいのである。ただそれだけの相手だがおけいの心当りにはないのである。ウメも十七になったのだからと、おけいは気が気でなかった。（自分一人だけではだめだ）と思ったので、誰かに頼んで遠くを探さなければならないと思った。その日、夕方、よく表を通る馬方におけいは声をかけた。通りすぎてしまったので跣《はだし》で表へとび出して、大声で、

「お爺いやーん」

と声をかけた。うまく聞えて、こっちを振り向いたので手招きをして、

「寄ってけし……」

と、騒ぐように呼んだ。馬方のお爺いやんは馬をとめてすぐ引き返して来るのである。おけいは家の中へ入って待っていた。馬方のお爺いやんはたづなを持ったまま家の前へ立止って、

「何か、用けえ？」

と云って、すぐ帰ってしまうような様子である。とにかく家の中へ入ってもらわなければ、とおけいは思った。丁度、定平と平吉がオヤテットから帰って来たのだった。平吉は先に家の中へ入って入口に腰をかけたが定平はまだ外にいた。おけいは表へとび出して定平の耳へ、

「あの馬方に、ウメの婿の世話をして貰えば」

と云った。定平は首をうえ下に振りながら馬方の方へ寄って行った。頭を少し下げて、

「俺家《おらん》の娘に、いい婿があったら世話をしてもらいてえけんど」

と云った。

「へー」

と馬方は云って、黙ってしまった。

「婿かァ」

と云った。それから、

「婿じゃ、ホイソレとはねえなァ、嫁に行くでさえも詰《つま》ってるから、若い衆はいくさに行ってるから」

と云った。すぐ馬のむきを変えながら定平の方を振り向いて、

「嫁にやればいいに、いくさから若い衆が帰って来たとき」

と云い終ると、向うへ行ってしまうのである。おけいは入口に腰をかけていたが、急いで表へとび出して、

「ダメじゃごいせんか、いくさに行く者に嫁にやれば、いつ死ぬかわからんから」

と、呼ぶように云った。馬方は聞えたらしいがそのまま行ってしまうのである。

「まるで、世話をする気がねえらしい」

と、おけいは云って、右の手で左の腕をさすりながら苦《にが》いものでも食ったような顔をし

た。それから、

「云って、馬鹿を見た」

と、ひとりごとのように云った。定平は家の横で湯に入っている平吉の顔をちらッと見たが、おけいの方を見て、

「いまどき、いくさに行かん奴はねえというもんだ」

と、でかい声で云ったが、湯に入っている平吉に当てつけるように云ったのだった。そう云ってからちょっと嫌な気もした。「いくさに行かない」と云っている平吉に、また、そんな嫌味を云ってしまったのである。でかい声で当てつけるように嫌味を云ってしまって、可哀相な気もしてきたのである。定平は湯の釜の所へ走るように、あわてて行った。うずくまって、もしきをくべたが、

「もっと燃してやれか？」

と云った。平吉は頭の毛を洗っていた。のろ〲と別のことを云うのである。

「俺らァ」

と云って、少したってから、

「いくさに行かなんでもいいだよ」

と云うのである。定平は（平吉の性根《しょうね》はやっぱりそうだったか）と思った。（今云ったことは証拠を見せてくれたようなものだ）と思った。

「もっと、燃してやれか」

と云って、聞いていなかったというような云い方をした。黙って聞いていると平吉は、

「ウメなど嫁にやればいい、俺がこの家にいるのだから」

と云うのである。定平は嬉しかったが聞えないようなふりをして入口の所へ行ってしまった。両手をうしろにまわして戸に寄り掛って橋の方を眺めていた。

平吉が湯から上って裏の手すりにもたれていると、おけいが風呂桶のそばで、大きい声を出して平吉に文句を云うのである。

「平吉、お前《まん》が湯へ入《へえ》って頭を洗えば、湯が半分になるじゃねえか」

と、おけいには珍しく怒りつけるように云うのである。定平が入口の所でおけいを怒った。

「バカ、水を入れて燃せばいいじゃねえか、水ぐらい、なんぼでも汲《く》んできてやるぞ」

と、ブツブツ云いながら橋の下へ水を汲みに行った。水を汲んで来て、風呂桶に入れながら、火を燃しているおけいに、小さい声で、

「平吉はいくさに行く気がねえ」

と教えてやった。それから、

「ウメは嫁にやればいいぞ」

と云った。おけいは定平がそんなことを云うけど、平吉はいつかは行ってしまうと思っ

ていた。三人の男のボコの中で、平吉が一番強情なたちであることを見ぬいていたからだった。

　おけいはウメを嫁にやるという気はなかった。どうしても婿を貰わせなければと思っていた。その朝、タツが出て行くのを見た時、ひょっと考えついたのだった。タツが川かみの方へ行くのは塩山のボコの所へ行くのに決っているのである。その朝、定平も平吉もオヤテットに出掛けようとしたところだったが、おけいは定平の袖をひっぱって橋の袂へ連れて行った。川かみへ行くタツの後姿へ指をさして、

「あそこへ、おばやんが行くけど、一緒に行って見たらどうでごいす」

と云った。定平はおけいの考えていることが解らなかったのでめんくらっていた。

「いま、塩山へ行くところでごいす。ボコに逢いに、お寺の門へ捨てたボコは育っているということでごいす、男のボコだから、そのボコをウメの婿にしたらどうでごいす。ウメがわしの腹にあった時、むこうのボコは生れていた筈でごいす、たしかに」

　と、おけいは口をとがらせて云った。「行け〳〵」と定平に催促をするように云うので文句を云ってるような云い方だった。また、定平に（行って決めなければならない）と思わせるようなおけいの云い方でもあった。定平も（うまい相手だ）と思った。

「いとこでごいすよ、丁度」

　とおけいに云われて定平は首をうえ下に動かしながら黙ってタツの後を追って行った。

定平が帰って来たのは夜になってからだった。タツも一緒に帰って来たが家の中へ入らずに土手下の小屋へ行ってしまった。

「どうでごいした?」

と、おけいが聞くと定平は首を横に劇しくふりながら、

「駄目だ〳〵」

と云った。

「ボコに逢って来やしたか?」

とおけいが聞くと、定平は目を丸くして話しだした。ボコの名は次郎という名で定平は「次郎、次郎」と云って、始めて逢って来た者のことを云うようではない程、慣れ〳〵しく呼んでいた。

「行く途々で、(ウメと次郎で一緒にさせたら) とタツに話したが、タツは返事をしねえのだ、しねえ筈だ、タツは次郎に (お寺をぬけ出して敵方へ行け) と、タツの奴はそんなことを云いにばかり次郎の所へ行っていたのだから」

そう定平は云ってひと息ついた。おけいは右手で左の腕をさすりながら定平を睨むようにして定平の話を待っているのである。

「塩山へ行くと思ったら塩山のこっちで左に曲って松里《まつさと》の奥へ行くじゃねえか、お寺は恵《エ》林《レン》寺《ジ》だったぞ、お屋形様のお寺の恵林寺だ、お寺の裏の墓地の中へタツと一緒にしゃがみ

込んで次郎の来るのを待っていたが、いくら待っていても来んのだ、日暮れになっちゃァ困ると思っていたらやっと来たのだ」

　そこまで聞いた時、おけいが、

「どんなボコでごいした？」

と聞いた。そんなことに答えないで定平は話し続けた。

「(次郎ッ) とタツが云って立ち上るので俺も立ち上ったら、あんな向うの方で、立ったままこっちへは来んじゃねえか、目をそらせてこっちなど見ないで立っているだ、逢うのが恥かしいじゃねえかと思ったけんど、そうじゃねえ、タツに逢うのが嫌だったのだ」

　おけいはまた、

「どんなボコでごいした？」

ときいた。

「背の高いボコでなァ、顔もでかいし目もでかくて太っていて、うちの惣蔵など比べものにゃならんぞ、誰に似たのかなァ」

　定平はそう云ってまたひと息ついた。定平がこんなに急いで話をするのは珍しいことだった。定平は自分で話をしながら、自分でもびっくりしているような顔をして、また云い続けた。

「次郎は恵林寺の方丈《ほうじょう》さんを連れてきてそばへ隠しておいただァ、俺もびっくりしたなア、タツも知らんから、次郎に（お寺をぬけ出せ、ぬけ出せ）とすすめるのだ、（早く敵方へ行ってお屋形様を向うにまわして恨みを晴らせ）とすすめるのだ、それを方丈さんはみんな聞いていたのだぞ」

　そこでおけいは力を入れて、

「次郎は敵方へ行く気けえ？」

と聞いた。おけいも「次郎、次郎」と慣れ〱しく呼んでしまった。

「そんな気はねえさ、次郎はタツの云うことは聞くのも嫌だという顔をしているのだ、それだから方丈さんを連れてきてそばへ隠しておいただ。タツがしつッこく云ってると方丈さんが、横から黙って姿を見せたのでタツも俺も度胆《どぎも》をぬかれて、あわをくって逃げて来ただ」

　それを聞くとおけいは、

「その方丈さんは、話をみんな聞いてしまって陣屋の人にしゃべりはしんらか？」

　と心配そうに云った。

「まさか、人に聞かれるとは思わなんだから、びっくりして逃げてきてしまったけんど、俺もその事が気になったけんど、タツの云うには、今まで人にしゃべるなと次郎にはよく云っておいたそうだから、知れるじゃとっくの昔に知れた筈だとタツは云っていたけんど、俺もそう思うけんど……」

と定平は云って、また目を丸くして、

「その方丈さんはずっと前《めえ》、この橋の袂の所へ来た、あのえらいお坊さんだったぞ」

と云った。おけいは思い当らないらしいのである。定平は、

「あの太った、背の低いお坊さんだ、一之宮へお参りに行く時にここを通った」

と云うと、おけいも感づいて、

「それじゃァ、いつかの、八代の智識さんがお通りを拝みに来て逢えなんだ」

と云った。定平は口の中で、

「次郎も、あのお寺でお坊さんになった方がいいかも知れん、タツがあんな風な様子じゃ」

と、ブツブツ云った。おけいも、

「この家の婿になどなっても、タツのおばやんが、そのままにしてはおかんさよォ」

と云った。それから、

「次郎はまだお坊さんにはならんのけ?」

ときいた。

「ゆくゆく先はお坊さんになるら、敵方へ廻っては困るら」

と、定平はブツブツ云った。

年があけて、ウメは十八になった。春、甲府の惣蔵の所へ女のボコが生れた。

「春生れたからヤヨイと云う名だ」

ということを知らされて、おけいも定平も、

「二人もボコがあれば、惣蔵もいくさに行ってノオテンキのこともしめえ」

と思った。

その夏、大雨が降った。土手は切れなかったが田や畑は流された。稲の穂が出るというところを流されたので、ぬけた穂を拾い歩いて植えたりした者もあった。

「あんなでかくなった稲を」

と云って、駄目だと笑っていた者もあったが植えたら、あとでは穂が少し出た。春やんの家の石畑には泥が溜って家中小躍りをして喜んだが乾くと土は少ししか運ばれていないのである。

「一尺ぐらいしか土は運ばれなんだけんど、まだ五尺も低い土地だから、こんど大水が出ればきっと畑になる」

と村の人も云って、春やんの婆ァさんが、

「こんだァ、いつ大水が出るらか」

と云い歩くと、

「水など出ちゃ困りやすよ」

と云い返すようになった。定平や平吉は道普請に出ている時、お屋形様でも普請をして

いるということを聞いた。甲府の西の方へお城を造っていると云うことだった。村の人だちは、

「なんでも、竜王《りゅうおう》より先の、韮崎《にらさき》の方だと」

そう云ったりしたが「今年はまだ水が出るかも知れん」と云って道普請の方が急ぎだった。

「お屋形様のお城は、出来上ったら見に行きやしょう」

と云ってるぐらいだった。

冬のはじめに、

「お屋形様のお城も、ほぼ出来上った」

ということも聞いた。

「新しく出来たお城だから新府と云うそうだ、元のお城は古府と云うそうだ」

と云うことも定平は聞いた。

年の暮、「新府はまだすっかり出来上らないがお屋形様では全部移って行った」ということも村の人達が話していた。

八代の虎吉が惣蔵と一緒にギッチョン籠へ来たのは「あしたは正月だ」と云う日だった。偉くなって、別の人のようになった虎吉がウメを借りに来たのである。お屋形様ではみんな新府のお城へ移ってしまって古府のお城は人手が足りなくなったというのである。

虎吉は古府のお城に残っているが身内の者がいた方が都合がよいと云うのである。

「ウメを連れて行って、掃除でもさせるというわけだ」

と云って、定平は虎吉の顔を見た。虎吉は家の中へ入ってはいるが入口に腰をかけているだけだった。惣蔵は虎吉のそばに貼《は》りつくようにしているので親の定平より虎吉の方が身内のような素振りに見えるのである。

「やっぱり、女でも身内の者がいいずらに」

と、定平はおけいに云った。おけいは、

「婿を貰わせようと思ってたけんど、婿の当てもねえから、連れてってもらっても」

と云って、その方がよいかも知れないという風な云い方でもあった。惣蔵は、

「ウメを連れに来たということは、この家のためになる」

と云うのである。おけいは入口に立っているウメの顔を眺めながら、

「婿がきまるまで連れてってもらえば」

と云ったので定平もその気になった。虎吉はこれから八代の家へ行って、帰りにウメを連れて行くと云うのだった。

「ちょっと行って来る」

と云って虎吉が表へ出ると惣蔵も一緒について行ってしまった。

(せっかく家へ来たのだから、家にいればいいのに)

と、定平もおけいも思ったが口には出さないでいた。虎吉は八代へ行ったがすぐ帰って来た。ウメを馬にのせて、定平がその馬の口をとって古府まで送って行くのだが、虎吉は惣蔵のほかにお供を六人も橋の所に待たせておいたのである。

「わしは行かなくてもいいけんど、わしも行きやしょう」

と定平が云って馬の口を引っぱった。虎吉だちが近津の土手を行くとき平吉は家の横で、雨戸に寄りかかって爪で戸をこすりながら板の節目を眺めていた。その恰好を見ておけいは、

（あいつも、行きてえずら）

と思ったが、知らぬ顔をして、

「ウメは女だけんど、お城へ行って、わしゃいやだようお城なんかへ」

と、平吉に聞かせるように云った。

年があけて、正月早々ウメは帰って来た。ウメは行ってからまだ十日とたたないのだが、お屋形様の駕籠に乗って帰って来たのだった。惣蔵も馬に乗って一緒に帰って来たのだが、駕籠から出て来たウメはお姫様のように変ってしまったのである。橋の袂に駕籠が止って、中からウメが出て来たのであるが、立って歩き出したのでおけいはあわてた。ウメの着物が土について裾が土をひきずるのである。あいにく、その辺には馬糞がいっぱいころがっているのである。

「あれ〳〵」

とおけいは騒ぎたてるように云いながら手で馬糞を払いのけた。入口に立っているウメを見て、

「ウメが……」

と云っておけいは舌を巻いてしまった。惣蔵はウメの女ぶりを見せてやりたくて連れて来たのだが、ウメはお城で掃除などをするではなく、奉公はしたが「何もしないでいる」ということも知らせに来たのだった。

「いい着物《きもん》を着て、ただ遊んでいればよいのか！」

と云って定平は驚いた。

「やっぱり違うもんでごいす、お城の奉公は」

と云っておけいも呆れていた。ウメは二、三日のうちに新府のお城へ移るということだった。新府の方が古府より広いお城で、女手も足りなく、

「お御台様《みだいさん》のそばへ奉公するのだから、やっぱり、別にこれという仕事もなくて」

と惣蔵は云って、

「お御台様というのは、お屋形様の嫁のことだ」

と、惣蔵は力を入れて云った。教えられて定平もおけいもよくわかった。

「お屋形様の嫁に当る人に奉公するというわけだ」

と定平が云うと、おけいが、

「奉公すると云っても、遊んでいると同じでごいすよ」

と定平に教えてやった。ウメはちょっといただけで帰ったのであるが、帰る時に惣蔵は、

「平吉も奉公するように」

と云うのである。そう云われておけいも定平もどきッとした。おけいはあわてて惣蔵のそばへ行って、

「平吉に、そんなことを聞かせないでくりょ、頼むから」

と、せきこんで云った。定平は黙っていた。惣蔵が帰ってから、

「あいつが、あんなことを云ったけんど、気にしない方がいいぞ、あいつは自分勝手のただから」

と、謝まるように、おけいに云った。おけいの方でも定平に、

「ふんとに、あんなことを聞かせてしまって」

と云って、やっぱり謝まっているのだった。

ウメは新府のお城へ行ったが虎吉は信州のお城へ行った。惣蔵がウメと一緒にいるということを聞いたのは、それからひと月もたってからだった。

「それじゃァ、虎吉と惣蔵は別れ〳〵になったのか」

と定平が云うと、

「まあ、ウメも、惣蔵と同じ所にいるから、気まずいこともねえでごいす」

と、おけいが云った。

夜になると、からっ風が吹いて朝になると止んでしまうのだが陽気は暖かくなった。朝、まだ風が吹いているうちに、飛び込むように惣蔵が帰って来たのである。戸を開け放したまま入って来て、

「平吉、平吉」

と、騒いだ。おけいはもう目をあいていたが定平も平吉もまだ眠っていた。

「あれ、惣蔵じゃねえけ」

と云って、おけいはびっくりして起き上った。平吉も目をさまして、

「なんだ?」

と云って頭だけ動かした。惣蔵は平吉の枕許へ坐り込んで、

「お前《まん》も、いくさに行くのだぞ」

と、大声で云うのである。定平も目をさましたが寝たままで惣蔵の云うことを呆っ気にとられて聞いていた。おけいは起きて表の戸をしめに行った。風が家中へ吹き込んで来るので、戸をしめて入口に腰をかけていた。右手で左の腕をさすりながら、目は表の戸を見てはいるが、耳は後にいる惣蔵が怒鳴り込んで来たように云っている声を、背中に力を入

れて聞いていた。

「お屋形様の旗色が悪くなったら、手のひらをかえすように敵へ寝返りをうってしまうのだぞ、ゆうべ、信州から早馬が着いて、お屋形様のおじ様までが敵と腹を合せたというのだ、虎吉のおじさんも信州で戦っているのだぞ、お屋形様は、今すぐに信州へ攻めに行くところだ」

と、惣蔵は怒鳴り立てた。それから、

「平吉、すぐ仕度をしろ、まごまごしていればお屋形様は行ってしまうぞ」

と云うのである。平吉は足をのばしたまま身体だけ起き上げて聞いていた。下を向いて黙って聞いているだけだった。惣蔵はあわてていた。立ち上って、

「さあ、行かなきゃ」

と云って、もう出掛けそうになった。

「おれは行かんから」

と、平吉は云ったのである。

「ええ?」

と惣蔵が云った。途端、寝て聞いていた定平は胸がどきっとした。平吉は惣蔵の云うことに口を合せて、「行くぞ」と云うとばかり定平は思っていたからだった。「平吉の耳へは、爪の先程も云ってはくれるな」とあれ程惣蔵に云っておいたのに、今、惣蔵は引っぱ

ってでも行きそうな剣幕で云っているのである。惣蔵の云うことも意外だったが、平吉のはっきりした断り方も意外だった。定平も黙ったままでいたがおけいも黙ったままだった。黙ったまま、平吉が次に何と云うのかと耳を立てていた。惣蔵はこのまま帰る筈がないと思った。平吉が気を変えて「行く」と云い出すかも知れないのである。はら〳〵していた通り惣蔵がでかい声で、

「戦って、盛り返さなきゃ」

と云った。だが平吉は黙っているのである。惣蔵は声をおとして、

「これからお屋形様は、信州へ攻め込むのだ、後からでも、来るじゃァ、来ればいいから」

と云った。それから、

「虎吉のおじやんは今、戦っているのだぞ」

そう云い終ると、出かけそうになって入口へ行った。平吉は行く様子はないが、定平はたまりかねて起き上って、

「バカ、嫌だというものを、無理にすすめる奴があるものか」

と云って惣蔵を睨んだ。おけいも怒って、

「いくさに行って、死んで見せるずら」

と云った。惣蔵は落ちつき払って、

「いくさに行っても、死ぬとばかりはかぎらんよ」

と、云った。定平が、

「それじゃァ、てめえは、きっと死がねえと云うのか」

と云うと、惣蔵が、

「いくさは、やって見なけりゃ、勝ちいくさだって死ぐ人は死ぐだから」

と云い返すのである。それまで黙っていた平吉が、

「いろ〳〵云わないでくりょ、俺は行かんと云ったら行かんだから」

と、文句を云うように、みんなに云った。おけいも横から、

「無理を云ッちょ」

と惣蔵を怒鳴りつけた。おけいの怒り方があまりに凄いので惣蔵は黙ってしまった。黙ったまま表へ出て、馬に乗った。

近津の土手を帰って行く惣蔵の後を眺めながら、おけいは、

「平吉が一緒に行かんもんだから、ぷん〳〵怒って帰《けえ》ったけんど、仕方がねえさ、てめえの思う様にばかりいかんだから」

そう云って、おけいは惣蔵がちょっと可哀相になった。

九

ひと月ばかりたった朝だった。定平と平吉はオヤテットに出かけようとした時、家の前で馬の足音がした。惣蔵が馬からおりて入って来たのである。

「いくさはえらいことになった」

と云って入口に腰をおろした。定平もおけいも平吉も目を丸くして惣蔵を眺めていた。惣蔵は鎧を着て来たのだった。

「新府のお城は、ゆうべ焼けてしまったぞ」

と、惣蔵が大声で云った。惣蔵はそう云って、自分でも驚いているのである。

「えッ、焼き打ちをくったか?」

と定平が、打ち返すように云った。惣蔵は劇しく首を横にふって、

「お屋形様が火をつけて焼いてしまったのだ」

と云うのである。おけいが、

「ウメはどうした?」

と、カマドの所でこっちをむいて棒立ちに立ったまま聞いた。

「ウメは大丈夫だけんど、八代のおじやんは死んだぞ」

と、惣蔵は云うのである。

「えーっ！」

と云って、定平もおけいも惣蔵のそばへ行った。

「やられたか？」

と定平が云うと、惣蔵は首をうえ下に振った。それから、

「信州の高遠《たかとお》のお城で、みんな死んだと云うから」

と云った。

「それじゃァ、お屋形様も危ねえな」

と、定平が念を押すように云って、また、

「馬鹿じゃァねえか、手前《てめえ》ばかり帰《けえ》ってきて、ウメや安蔵はどうした？」

と云った。惣蔵はあわてて、早口で、

「俺は帰《けえ》って来たじゃねえ、これからお屋形について、郡内《ぐんない》へ行って、郡内の山へ立て籠るのだ」

と云うのである。定平が驚いて、

「馬鹿だなァ、てめえは、そんなところへ行く気か？」

と云うと、惣蔵は、

「お屋形様はゆうべお城を焼いて、郡内へ行くと云ってこっちへ来るぞ、ウメもお屋形様

と一緒にこっちへ来るぞ」

と云うのである。

「馬鹿野郎！　てめえ、この前、なんと云った。いくさはやってみなけりゃわからんと云ったじゃァねえか、お城を焼いてしまう程やられてしまってもまだついて行く気か？　早くウメを連れてきて、手前《てめえ》もこの家に隠れてろ」

と、定平は怒って云った。そう云うと惣蔵も怒り出した。でかい声で、

「先祖代々お屋形様のお世話になって、今……」

と云った。定平は腰がぬける程びっくりした。

「先祖代々」

と、思わず口の中で云っておけいの顔を見た。おけいも、惣蔵がとんでもないことを云い出したので開いた口が塞がらなくなったのだった。定平もおけいも、お屋形様には先祖代々恨みはあっても恩はないのである。先祖のおじいは殺されたし、女親のミツ一家は皆殺しのようにされてしまい、ノオテンキの半蔵もお屋形様に殺されたようなものである。八代の虎吉もお屋形様に殺されてしまったと同じであるのに、先祖代々お屋形様のお世話になったと云い出したのであるから惣蔵は気でも違ったのではないかと思った。

「そんなことがあるもんか」

とおけいが口の中で云った。呆れ返ってブツブツ云ったが、声を張り上げて、

「何が先祖代々だ」

と云った。惣蔵は当り前だという風な顔で、

「先祖代々お屋形様のおかげに、この土地の者は、みんなお屋形様のおかげだ」

と云うのである。その時、家の横からのっそりとタツが出て来たのである。タツも、

「先祖代々お屋形様のおかげでッ」

と云いながら目を光らせて、とびつくような恰好で惣蔵の方へ寄ってきたのである。惣蔵はパッと表へ飛び出した。馬へ飛び乗って、摑みかかるように後をついてくるタツを見おろして、

「気狂え婆ァ、先祖代々御屋形様のおかげになって、てめえだちは知らんのだぞ」

と云った。おけいが表へ飛び出して馬に乗っている惣蔵の足を摑んだ。ひきずり落して止めようとしたが惣蔵の馬は跳ね上って走り出してしまった。おけいは近津の土手を呆ッ気にとられて眺めていた。

(先祖代々お屋形様のおかげになったと、あんなことを云い出したけど、えらい災難のようなことを云い出したものだ)

と思った。定平も出て来ておけいのうしろから眺めていた。そうすると後ろで、

「お屋形様がいくさで殺《や》られるぞ」

と、タツの声がするのである。

「拝んだ通りになったぞ」

と云いながら、土手を川かみへ急いでいた。おけいは定平に、

「惣蔵の奴は」

と云った。定平はおけいに、

「あいつは生れつき」

と云っただけで、顔を見合せてものが云えなくなっていた。家の中へ入って行くと平吉が裏側の手すりに足をのばして寄りかかってこっちを見ていた。さっきから一口も云わず、黙っていたが、

「いくさに行って、バカと云うもんだ、惣蔵兄《あん》やんも、安蔵兄やんも死んでしまうぞ」

そう云った平吉は立ち上っていた。

「よし、俺が迎えに行ってくる」

と、力むように云ったのである。定平が、

「連れに行って来るか」

と云った。また、

「そうだ」

と云った。また力を入れて、

「お前《まん》、迎えに行って連れて来い、引っぱってでもどうでも連れて来い」

と云った。おけいは（平吉はえらいものだ）と、いまさら思った。いくさに行かなかったばかりではなかったのである。行ってしまった惣蔵だちを迎えに行くという程、親のいうことをきいてくれるのである。草鞋を履いている平吉のうしろから、おけいは、

「身仕度をよくして行け」

と云った。

家を飛び出した平吉は舞うように近津の土手を駈けた。川田の入口まで行った時、向うから馬に乗ってこっちへ来るのが見えた。

（惣蔵兄《あん》やんでは？）

と思ったが通りすぎたら別の人だった。板垣でも、またこっちへ馬を飛ばして来るのに出逢った。五、六人一緒になって通ったが惣蔵でも安蔵でもなかった。甲府の入口でもまた出逢ったが惣蔵だちではなかった。平吉は迎えに行くのだが行き違いになっては困ると思ったので、駈けて行く馬の上を、目を皿のようにして見ていた。甲府へ行ったが古府のお城へ行けばいると思って元のお城を目ざして行った。だが、「お屋形様はまだ新府にいる」と云われたのである。（新府は焼けたというのに、まだそんな所にいるのか）と思ったらとび上る程心配になってきた。急いで西の方へ走り出すと、向うから、大勢こっちへ来る行列が見えたのである。（あの中にいる）と思ったので、ほっとして道の横に立って待っていた。行列はすぐそこまで来た。ウメや惣蔵だちは、きっと一緒になっていると思

って目を皿のようにして探した。行列は歩いている人が多いのだが、二十人ばかりは馬に乗っていた。その前後を大勢かたまって歩いて来るのである。荷物をしょっている人もあるし、大きい荷を馬に積んでいるのもあった。平吉は（御屋形様のお引っ越しだ）と思った。きっと、この中にいると思って探していると、目の前を安蔵が通るのである。鎧を着ていた。ハッと思って平吉は、

「兄《あん》やん」

と呼んだ。安蔵に聞えてこっちを見た。

「あゝ」

と安蔵は頷いて上の方へ指を差した。見上げるとウメが馬に乗っているのである。安蔵はウメの乗っている馬の口をとっていたのだった。（よかった！）と平吉は思った。安蔵は止まって話をするかと思ったら、止まりもしないで行列と一緒に行ってしまうのである。平吉は安蔵の横を追いかけるように行列について行ったが安蔵は話をしかけないのである。平吉はたまりかねて、

「惣蔵兄やんは？」

と聞いた。安蔵は、

「あっちだ」

と云って、後の方へ二、三回速く指を差した。（後の方にいる）と思ったのでまたほっ

とした。とにかくウメと安蔵に家へ帰るように話をしなければならないと思ったので、安蔵のすぐ横へ、割り込むように行列の中へ入ってしまった。小走りに走りながら、

「迎えに来ただから、早く家へ」

と、小声で云った。そう云うと安蔵は横目で平吉を睨んで、怒るように、

「これから郡内の山へ籠って戦うのだ、先祖代々御屋形様のおかげになって、どいつもこいつも犬畜生のような奴ばかりだ、お前《まん》も一緒について来い」

と、大声で云うのである。平吉は立止ってしまった。止まると後から来る人が平吉につき当るようにして通って行くのである。平吉は行列の横に出てしまった。立止って行列を見ていた。先祖代々恨みが重なっている筈であるのに、先祖代々おかげになっていると反対のことを云っているのである。平吉はどうしようもなかった。立止ったまま、こんどは惣蔵の姿を探しだした。行列はどんどん目の前を通り過ぎて行くが惣蔵は見つからなかった。二丁も三丁も続いていたが、通りすぎても惣蔵はいないのである。（たしかに、この中にいる）と思ったのでまた行列の後を追いかけた。追いついて、後の方から探しながら進んで行くと、やっと惣蔵の横顔を見つけた。（よかった！）と思って、うしろから惣蔵の左腕を摑んだ。

「兄《あん》やん」

と云うと、惣蔵が振りむいて平吉を見た。平吉は走りながら大声で、

「兄やん家へ、迎いに来た」

と云った。惣蔵は凄い目つきをして止まりもしないで歩いたまま、

「バカ!」

と怒った。そうして、

「先祖代々お屋形様のおかげになって」

と云いだしたのである。平吉はあわてて、

「早く、家へ」

と、また大声を出した。惣蔵はやっぱり止まりもしないで、

「みんな、子供まで連れてきているのだぞ、ウメも一緒に行くと云ってるぞ、みんな」

と云うのである。平吉は呆っ気にとられてしまった。惣蔵は嫁も子供も連れているらしいのである。ウメも一緒に行くと云ってるらしいのである。平吉はボーッとして頭の中がぐらついてしまった。どうなってしまうかと道の横に立ち止って通りすぎて行く人達を見つめていた。行列が通りすぎてしまって一人になると、平吉は気がいらいらして来た。(どうしよう〳〵)と思いながら行列の後を追いかけた。行列は古府のお城へ入って行った。平吉は惣蔵たちを家へ連れ帰ることが出来なくなってしまうかと思うと腹の中が煮えくり返るように苦しくなって、お城の中へ入って行った。お屋形様だちは屋形の中に入ってほかの者はお庭にいた。ウメは屋形の中へ入ったが惣蔵や安蔵は庭にいた。惣蔵の嫁も

子供も庭の隅にいるのである。平吉は惣蔵の側に坐って、家へ帰るようにすすめようと思うのだが、大勢まわりにいるので云い出すことが出来なかった。お庭の隅で人が立ち上って騒いでいた。（どうしたのか？）と思って平吉は見に行った。とり囲んでいるまん中を覗くと、白髪の人が膝を曲げてうつ伏せになっていた。血が流れていて、何か云ってるらしいのだが、まわりの人が騒いでいるのでわからなかった。平吉は戻って来て庭の向う隅に惣蔵の姿を見つけた。側へ行って、

「何があったのだ？」

と聞いた。惣蔵が、

「喉を突いて、その血で、いくさに勝つように祈願文を書いてくれと云って死んだのだ」

と云った。それからまた、

「年をとっているから、いくさに行っても役にはたたんからというわけだ」

と、教えてくれた。庭では騒いでいたが、祈願文はすぐ出来て、馬で持って行くのを平吉は眺めていた。

その日おけいは平吉が出て行った後、ほっと安心した。安蔵はどうなることかわからないが、ウメと惣蔵は平吉が連れて帰って来ると思った。惣蔵が帰って来れば嫁もボコ二人も一緒だろうと思った。そうして、当分の間はこの家へ隠しておかなければならないだろうと思った。（こんな家は嫁には見せたくない）と思っていたのでちょっと嫌な気がし

た。だが、そんなことを云っている場合ではないと思った。とにかく、こんな家だが当分ここにいて貰わねば困るのである。だが、それにしても家が狭すぎるのである。考えたあげく、どうしても縁の下の馬小屋が空いているので、あそこにいて貰わねば困ると思った。もう昼近かった。おけいは定平に、

「甲府から、惣蔵だちがボコを連れて帰《けえ》って来やすよ、馬小屋を掃除をしてくんなって」

と云った。定平はちょっと驚いて、

「あんなとこへか？」

と云った。

「ほかにどうしようもごいせんよ、人目につかんというだけでも安心じゃごいせんか」

と、おけいは慰めるように云った。

「ほかにゃア、なあ」

と、定平も云ったので、おけいはまた、

「早くした方がようごいすよ、わしも手伝いやすけんど」

と、せき立てるように云った。おけいはなんとなくそわ〳〵してしまった。惣蔵だちがいくさを止めて帰って来るということ、家の中が大勢になるという嬉しいことばかりだった。人数がふえると云うことは寝床のことばかりではないと思った。何から始めてよいのか迷うぐらいだった。定平は縁の下へ行って掃除をはじめていた。おけいは（飯の仕度で

もしておいて、帰って来たら、みんなに、まず飯を食べさせなければ）と思った。そうして表を人が通るのを知っていた。（えらく、人の足音がするようだ）ということは知っていた。馬の通ることも知っていた。ちょっと表の方を見さえすれば何が通っているということはすぐわかるのだった。ふだんのおけいならすぐ表へ出て見るのである。だが、人が大勢通るということだけは知っていたが見ることもしない程、ウメや惣蔵だちが帰って来るということで頭の中がいっぱいだった。通りすぎてしまってからだった。おけいはふと（今、表を大勢通ったがなんだろう？）と思った。気になったので首をのばして入口の向うを眺めた。今、表を通った行列の終りが橋の中程を渡って行くところだった。

（あの人達はなんずら？）

と思って見ていた時、近津の土手の方から村の人が四、五人走って来ておけいの家の前で立止った。やっぱり橋の方を眺めているのである。おけいは、

「なんでごいすね、あれは」

と家の中で声をかけた。そうすると、

「お屋形様が逃げていくのだ、いくさがまずくなって」

と云うのである。

「えーっ！」

とおけいはびっくりしたが（まさか？）とも思った。

「惣蔵やんもあの中にいやァしたよ」

と、村の人が云うのである。それを聞くとおけいは跣《はだし》で表へ飛び出した。

「顔を見やしたけ?」

と、せきこんで聞いた。

「いやァしたよ、惣蔵やんのようだった」

と云うその人の顔つきで(確かに惣蔵の顔を見たのだ)とすぐ察した。家の中へ入って藁草履を突ッ掛けるように履いて表へ飛び出して後を追いかけだした。縁の下にいる定平に声をかける暇もない程あわてて橋を渡って行った。行列はのろいようだが速かった。橋から坪井までは田圃ひとつだが、おけいは坪井を通り越して次の田圃の所で行列に追いついた。行列の横を後から一人ずつ振りむきながら追い越して行った。行列の中程でウメが歩いているのを見つけた。

「ウメ」

と云って、飛びかかるように行列の中へ割り込んで行った。ウメの横にいるのは安蔵である。ウメは裾をまくり上げて腰巻を出しているのである。風呂敷包みを背負って足はまっ黒である。こないだ家へ帰って来た時はお姫様のようだったウメがこんな恰好をしているのである。おけいの顔を、泣き腫らした目でちらっと見ただけで止まりもしないで歩いているのである。あわてているおけいに、

「お母ァ、これから郡内へ行くのだ」

と、安蔵が力んで云った。

「えッ、お前《まん》もか？」

と、おけいはウメに云った。急ぎ足で黙って歩いているウメの恰好を見て、おけいは（家の前を素通りをして、こんな方まで来てしまって、まさかとは思うが、このままウメは行くつもりかも知れん）と思った。

「おまんも行くのか？」

と聞くと、ウメは、

「一緒に行かなきゃ」

と云ったのである。そうして、

「甲府の姉やんも」

と云って前の人を手で指した。追い越して見ると惣蔵の嫁である。

「惣蔵は？」

と、思わず云うと、安蔵が、

「あそこに」

と云って、もっと前の方へ指を差した。あわてて走り出したおけいは、馬の上に、ボコをおぶって、一人を前に抱えている惣蔵の姿を見上げた。おけいはその馬の首の所へ寄っ

た。上を見上げて、

「おい惣蔵」

と声をかけた。惣蔵はおけいの顔を見おろしたが黙っているのである。おけいは（黙っているけど、わしの顔を見てもわからんずらか？　あんな血走った目をしているだから）と思った。

「お母ァ〳〵」

と横から声をかけるので、ひょっと見ると平吉がいたのである。平吉は惣蔵の乗っている馬の口を持っていたのだった。平吉は、

「駄目だ〳〵、ボコもみんな連れて行ってしまうと云うだ、あんなボコまで」

と云って、惣蔵の方を見上げる平吉は長い刀を背中に立てるように背負っているのである。（こいつも、やっぱりいくさに来たかったのだ）とおけいは思った。足を止めて、どうしようかと思っているとウメが来た。

「ウメ、家へ帰らなきゃ」

と云うと、ウメは、

「そんなことを云われても困るじゃ、お御《み》台様《だいさん》のお供をしていかなきゃ」

と云うのである。おけいはどうすることも出来ないで行列の横に出た。行列はどん〳〵行ってしまうのである。行列が通るのを立って眺めていた。行列が通りすぎると、おけい

はハッと思った。（どうしても連れ戻さなければ駄目だ）と思った。足がふるえて動かないのを力を入れて後を追って行った。若い頃、舞いを舞うような働き者だったおけいは肩を怒らして両足を拡げて、小きざみにふるえる足で行列の後をついて行った。（どこまで行かなければならない？）と思うと腹が掻きむしられるように苦しかった。郡内へ行っていくさをする様子だが、そんな方まで行かないうちにウメも惣蔵だちも家へ帰してしまわなければと思うと、気ばかりあせってもどうすることも出来なかった。家からは一里も来てしまったのである。行列の半丁ばかり後から、おけいは泣きたいのをこらえてついて行った。

坂道になって道が細くなった。その時、おけいはうまい考えが頭に浮んだのだった。まだ日が暮れるには間があるが、郡内へ行くには山をいくつも越さなければならないのだから、今夜はどこかへ泊るだろうと思った。その時に、ウメや惣蔵だちによく話が出来ると思った。夜は暗いのだから、夜になってひき返す方がまわりの人にもわからないでよいだろうと思った。とにかく暗くなるまでついて行こうとおけいは決めたのだった。

それから一里ばかり行った山道で行列は止まってしまったのである。日暮れには間があるが今夜はここへ泊るのではないかと思った。

様子を見に近づくと、前の方で大勢かたまって何か云ってるらしいのである。そばにいてはまずいと思ったので、また後へ引き返してきた。一丁ばかり離れて、道の横に腰をおろしていた。いくらたっても行列は動かなかった。きっと、今夜はここに泊るのだと思っておけいは待っていた。行列はかなりたってから動き出した。すぐおけいも立ち上って歩き出したが、少し行くと、また止まってしまったのである。止まったあたりの右側にお寺があるらしいのである。（あのお寺へ泊る）と、おけいは思った。また道の横に腰をおろしていると行列の方からこっちへぶら〳〵歩いて来る人があった。（惣蔵らしいが？）と思っていると、近づいて来たらやっぱり惣蔵だった。惣蔵はぶら〳〵歩いてきて、

「おッ母ァ、えらいことになった」

と云いながらおけいの前へ来て止まった。おけいは黙っていた。（こいつが一番馬鹿な奴だ）と思った。（こいつのおかげで、みんないくさに行ったのである。そうしてこんな所まで来てしまったのだ）と思った。だが、目の前に立っていると、そんな怒りも無くなってしまって、可哀相になってきた。おけいはぽろ〳〵と涙がこぼれてきて両手で目を押えながら惣蔵の云うことを、どこか遠い方で誰かが云ってるように聞いた。

「郡内へ行って、山へ籠って戦うという筈だったが、先に郡内へ行って待っているという小山田様という人が、お屋形様を郡内へは入れないというのだ。お屋形様の一番お気に入りの家来だのに、お屋形様が行けばお屋形様に刃向うというのだ。先祖代々お屋形様のおかげになっていたのに、さっき、それを知らせに来たのだ」

おけいはそれを聞いていて、そんなことにもなるだろうと思った。いくさはどんな風に

変るかも知れないということは村の人がよく話していることである。そんなことはどうでもよいのである。みんな家へ帰ってくれればそれでよいのである。おけいは泣きながら、

「お前《まん》だちは、いつ家へ帰るだ？」

と云った。惣蔵は、

「俺達はお屋形様のお供をして、どこか別の山へ籠るのだ」

と云うのである。それから、

「おッ母ァは、ここから帰《けえ》れし」

と云うのである。

「馬鹿のことを云うじゃねえ、お前《まん》だちを連れて帰るために来たのだ。いくさはどんなことになるか、今のうちに家へ帰らなきゃ」

と、力を入れて云った。だが、惣蔵は、

「お屋形様のお供をして行くさ、先祖代々お屋形様のおかげになって、みんなお屋形様に背く奴ばかりだ、お屋形様は泣いてるぞ、行って見ろ、安蔵も平吉も行くと云うのでお屋形様は嬉しくて泣いてるぞ」

と云うのである。おけいは（平吉の奴も、やっぱりそうだったか）と、また思った。

「それじゃウメは？」

と云うと、

「ウメもお屋形様と一緒に行くと云ってるぞ、ウメもあそこで、お御台様《みだいさん》と一緒に泣いてるぞ」

と云うのである。

「ウメの所へ」

そう云って立ち上った。

「行って見るけ？」

と云って惣蔵が歩き出した。行列の前の方は人がかたまっていた。大勢とり囲んで立っている中の方にまた大勢が坐っていた。おけいは人垣の中から顔だけ出してウメを見つけた。坐っている人達のまん中にウメが坐っているのである。そばに木の枠へ腰をかけている人がお御台様だとすぐわかった。お御台様もウメと同じ位の年だった。ウメもお御台様も目を泣き腫らしていた。まわりに坐っている人を見ると、みんな目を泣き腫らしていた。お御台様と並んで木の枠に腰をかけているのがお屋形様だとすぐわかった。女だちの中に男でいるのは唯一人だった。三十五、六の人で、長顔で顔色が黒く、痩せた背の高い人である。（八代の虎吉と同じ年だ）とおけいは思って、ふっと虎吉の顔が頭に浮んだ。そうして虎吉が死んでしまったことを思いだした。（みんな死んでしまうじゃねえか？）と思うと涙がまたこぼれて来た。人垣の中から顔を引っ込めた。すぐそばの芽をふいたばかりの桑の畑の横に腰をおろして声を立てて泣いた。そうして（ウメがどうしてもお屋形様と一緒に行くと云うなら、自分も一緒にどこまでもついて行こう）と思った。そう思うと、（連れて行って貰わなければ）と思って帰る気もしなかった。

その晩、お屋形様はそこのお寺に泊った。惣蔵の親子四人はお寺の廊下にかたまって寝て、そのそばで安蔵と平吉は板壁に寄り掛って寝た。おけいは平吉と安蔵の足の前に寝転んで夜を明かした。ウメはお屋形様だちと一緒に奥の部屋に泊った。おけいは定平に黙って家を出て来てしまったのである。夜、安蔵と平吉の足をつつきながら、

「お父ッちゃんに黙って来ちまって、待ってるら」

と、何回も小声で云った。だが、平吉も安蔵もはっきりした返事もしなかった。うす目をあけて、聞いてはいるが「うん〳〵」と頷いてもいた。「待ってるから」と云うのに、「うん〳〵」と頷くだけではどうしようもなかった。おけいは（二人とも眠いずらに）とも思った。（腹もへってるらに）とも思った。（ろくに、飯も食わんずらに）とも思った。おけいは家を出てから何も食べていないのに気がついた。だが、胸がいっぱいで少しも腹がへったようではなかった。

夜があけて、みんな立ち上った。（今日はどっちへ行くのか？）とおけいは思って気になっていたが、いくら待っていても出かけないのである。お屋形様だちは奥の部屋にいて出ても来なかった。みんなお寺の庭や道に出て、腰をおろして待っているのだが出かけなかった。おけいは気がつくと、安蔵も平吉も惣蔵も姿が見えないのである。あわてて探し

まわったら、三人共、お寺の裏の方に一緒になっていた。何か相談をしているらしいので、急いで行って三人のまん中へ割り込んだ。そうすると、惣蔵がおけいに、

「今朝になったらお供の人達が、半分にへってしまったぞ」

と云った。おけいは何のことだかわからなかったが、平吉が、

「夜のうちに逃げてしまったのだ、お屋形様を捨てて」

と云って、驚いていた。惣蔵が、

「先祖代々お屋形様のおかげになったのに」

と吐き出すように云った。おけいは、やっと様子がわかった。おけいがみんなを連れに来たように、みんな帰ってしまったのだと思った。（無理もねえ）と思ったが（困ったものだ）とも思った。（ウメも帰《けえ》ればいいけんど）と思ったので、

「当り前だ、帰《けえ》るのが」

と、口の中でブツ〳〵云った。

「何を云うだ！」

と、惣蔵がでかい声を出した。びっくりして惣蔵を見ると、田螺《たにし》のような目をしてこっちを睨んでいるのである。目をそらすと安蔵が拳を振り上げて、今にもおけいを叩きそうな顔をしているのだった。おけいは足がふるえてきた。（可愛がって育てて来た自分の息子に、こんな怖ろしい怒られ方をするとは夢にも思わなかった）と思うと口惜しくなって

そこから離れてしまいたくなった。横に大きい木があって、根元へ腰をおろしてわあ〳〵と泣いた。（息子だちは親よりもお屋形様がよいのだ）と思った。（お屋形様に、そんねに一生懸命になって）と思うと情けなかった。（あんな怒り方をしてまでも）と思った。おけいは息子だちを恨んで泣いて（死んでしまおう）とも思った。

お屋形様は昼すぎに出掛けたのである。郡内へ行くことは止めて天目山《てんもくざん》へ行くというのである。歩きながらそばの人が「北の方の山だ」と云うので「どの位《くれえ》ありやすか?」と聞くと、「山づたいで、少し行けば見える」というのである。（それじゃァ郡内へ行くより近い所だから、その方がよかった）と思った。かなり山づたいを歩いて行ったが天目山は見えないのである。「どの辺でごいす」と、またそばの人に聞くと「二、三里行けば見える」と云うのである。（二、三里じゃ今日中に着ける）と思った。だが、日が暮れるまで歩いたが着かなかった。日が暮れて、やっぱりお寺の所で止まって、そこに泊ることになった。小さいお寺で、お屋形様だちはお寺の中へ入り、みんなはお寺のまわりで野宿をすることになった。おけいは息子だちと縁の下へもぐり込んで寝た。夜中に、道の方で足音がしてみんなが騒ぎ出した。（まさか?）とおけいは思ったが、後で「敵だった、十人ばかり通った」と云っているのが聞えた。

「通りすぎただけだが、様子を見に来たのだから、後で攻めて来るかも知れん」

と平吉が云ったので、おけいは、

「そんなこともねえら」

と云った。惣蔵が、

「来るなら来て見ろ」

と力んで云った。

夜があけるとすぐお屋形様は出掛けた。天目山へ行くと思ったが、

「郡内の人達は、もう天目山へも手をまわして、寄せつけないようにしている」

と、まわりの人が云っているのである。おけいは惣蔵に、

「天目山へ行くのかと思ったに、そうじゃねえのかい?」

と聞いた。惣蔵は、

「どうなるかわからん」

と、云うだけである。惣蔵も安蔵もおけいには教えるのが嫌らしいので、おけいはまわりの人の話を聞いているだけだった。お屋形様は昨日のように急ぐでもなく、(ただ、動いているだけじゃねえらか)と、おけいは気がついたが口には出さないでいた。

昼すぎにおけいはいくさに出逢ったのである。歩いていると、突然、道の横で騒がれたのである。横の桑畑の中で騒ぎだされて、おけいは身ぶるいがした。

「それっ!」

と、こっちでも騒ぎ出して、みんなお屋形様のまわりを取り囲んだ。みんな桑畑の方を

睨んでいると、こっちから桑畑の中へ二人飛び込んだ者があった。すぐ叫び声が聞えて、少したつと桑畑の中から出て来たのは安蔵と平吉だった。

「逃げてしまったぞ」

と安蔵が云った。おけいは桑畑の反対の木の蔭に隠れて見ていたが、自分のうしろの高い方にも人がいるらしいのである。振りむくと、二、三人こっちを覗いているのが見えた。あわてておけいはお屋形様だちの方へ飛んで行って、指で向うを差した。

「それっ！」

と云って、みんなが睨みつけた。安蔵が、

「わーっ」

と騒ぐようにしてそっちへ走った。すぐ帰ってきて、

「逃げたぞ」

と云うのである。おけいはお屋形様だちの中に入り込んでいた。それから、お屋形様は急ぎ足になった。少したつと止まった。そこでおけいは「お母ァ〳〵」と云う声を聞いた。平吉の声である。それから、おけいは平吉が目の前に立っているのを見つけた。横で安蔵が目をキョロ〳〵させていた。平吉が、

「お母ァ、これから甲府へ行くのだ、二人で」

と云って安蔵の方を見た。それから、

「家の方へ行くのだから、お母ァを送って行く」

と云うのである。

「ウメをここへおいてか？」

と、おけいが云うと、

「ウメは」

と云って首を横に振った。おけいは返事をしなかった。返事もしないで動かないでいた。そこへ惣蔵が来て、

「敵がこんなにそばまで来たのだから、御屋形様はもう覚悟を決めている。平吉と安蔵はこれから甲府のお聖道《しょうどう》様の所へ行くのだ、御屋形様の心配はお聖道様のことだけだ。目が見えないお聖道様が敵の手に渡れば、どんなことになるか、御屋形様の心配はそれだけだ。これから行って、早くお聖道様に死んでもらうように知らせに行くのだ」

と云った。平吉が、

「丁度行く道だから」

と云って、大きい声で、

「お母ァ、ここにいては駄目だ」

と云った。おけいはここから離れるという気にはなれなかった。（安蔵と平吉は甲府へ行って、用をすませれば家へ帰るだろう、二人だけはここから帰らせれば、自分など、ど

うなってもかまわない）と思った。平吉に指をさして、
「お前《まん》だち二人は早く行け」
　と大きい声を出した。
「そんなことを云わずに帰《けえ》れ」
　と、横から惣蔵が云った。惣蔵を見ると、去年生れたヤヨイをおぶって立っていた。そ
の横にウメが着物を裾から高くまくり上げてこっちを見ていた。そのうしろに嫁が立って
いた。草鞋を履いて立っている足のうしろには今年五ツになる久蔵が、ぶら下るように嫁
の腕を摑んで田螺のような目を開けておけいの顔を見ているのである。おけいは（ここか
ら行くものか）と、また思った。平吉と安蔵に、
「まご〳〵していないで、早く行け」
　と、おけいは騒ぎ立てるように云った。それから嫁のそばへ行った。久蔵の手を摑んで
そばへ引きずり寄せて、
「今まで歩いていたのか」
　と云った。抱き上げて背中へまわしておぶった。
「いざとなったら、一緒に死ぐから」
　と云って、おけいはわあ〳〵と泣いた。泣きながら安蔵と平吉が向うへ行くのを見てい
た。

安蔵と平吉は道を急いだ。

「どこかで馬を探して」

と、安蔵が云い出して馬小屋を探しながら急いだ。馬小屋のある家が見つかって、黙って二匹ひっぱり出して乗った。塩山を通って、石和の方へは行かずに山づたいの近道を走らせた。甲府へ行って、お聖道様の家の門の中まで馬を乗り入れた。そこはもう荒されていて誰か入口に死んでいるのだった。平吉は（遅かったッ）と思った。安蔵が「お聖道様」と呼びながら家の中へ入って行った。平吉も続いて飛び込んだ。家の中は静かで誰もいないのである。奥へ入って戸を開けると、お聖道様がこっちをむいて坐っていたのだった。広い部屋の正面に白い着物を着て、安蔵だちが戸を開けても黙っていた。側に御寮人様がやっぱり白い着物を着て、女だが刀を膝の上に置いていた。安蔵が坐ってお聖道様に、

「お屋形様は郡内へも行けず、天目山へも行けず」

と云った。下を向いてまたその次を云おうとすると、お聖道様が、

「討死したか？」

と云った。安蔵が、

「いえ……」

と云うと、お聖道様が、

「ここへも敵が来ている、敵の手にかかるよりも、仕度はしている」

と小さい声で云った。目が見えなくて、下をむいてこう云うのを平吉は安蔵のうしろで立って見ていた。（お聖道様は自分で死のうとしているのだ）と平吉は思った。お聖道様は安蔵の方をむいた。顎をつき出すようにして、

「わしの最後を、諏訪殿に早く申し上げろ」

と、力を入れて云った。（お聖道様は今、すぐ死ぬのだ、そして早くお屋形様に知らせろと云っているのだ）と、平吉は思った。その時、横の庭で犬が吠えだした。途端、人が来る足音がした。お聖道様は目は見えないが庭の方に顔をむけた。それから見えない目を開こうと白眼を吊り上げるようにして見せたのである。平吉は庭の方を見て思わず、あッと思った。敵が庭へ入って来たのだった。槍を持った奴や、刀を持った奴等が目を光らせてこっちを向いているのである。その敵のまわりを犬がキャン〳〵吠えたてながら狂いまとっていた。犬は逃げ廻っているのだが裂けたように口をあけて、敵にだけしか吠えていなかった。安蔵が、わーっと怒鳴りながら庭へ飛びおりて敵に飛びかかった。平吉も刀をぬいた。庭へ飛びおりようとした時、敵は平吉の左右から上って来てしまった。その敵と平吉は向い合ったが、そのうしろからまた二人上り込んで来た。敵はお聖道様に向って行ったのである。敵と向いながら平吉は（お聖道様は？）と思って横目で見ると、お聖道様は目は見えないが小刀《しょうとう》をぬいて立ち上っていた。御寮人様は片手に薙刀を持ってお聖道様

を抱えるようにして立っていた。安蔵は庭で三人の敵に囲まれていた。平吉は一人と向い合っているがお聖道様には三人の敵が向っているのである。お聖道様の方も心配だが安蔵の方も心配だった。（どうしよう？）と思った途端、うしろで何か音がした。振りむくとお聖道様の胸に槍が突き刺されていた。ハッと思った時、安蔵がお聖道様の方へ駈けつけた。平吉もお聖道様の方へ行って、敵のうしろから斬りつけた。敵はこっちを向いて刀を振り上げた。敵はみんな上り込んでお聖道様に向ってしまった。お聖道様は胸に槍を突き刺されたままだった。御寮人様はもう殺《や》られてお聖道様の足許へ転がっていた。安蔵はお聖道様の胸の槍を、ぐっと引きぬいた。その力でお聖道様は安蔵の方へ倒れかかってきた。安蔵は膝をついてお聖道様の身体をおさえていた。お聖道様は唸るような声を出して、

「斬れ」

と叫んで安蔵の顔へ頭をこすりつけた。安蔵は黙ってお聖道様の身体をささえているだけだった。敵が平吉の横から飛び込んでお聖道様の顔を横から斬りつけた。そうするとお聖道様は血だらけの顔で小刀を振りまわして暴れだしたのである。敵や安蔵だちの見わけもなく暴れだしたのだった。平吉は安蔵が立ち上ろうともしないで片膝をついてるのを見た。安蔵は片足をやられて血が吹き出しているのである。あっと思って平吉は急いで安蔵を抱え上げると安蔵は「大丈夫だ」と大声を出して立ち上った。その時、お聖道様は両足

を捥われるように切られたのだった。どーっと音をたてて坐ってしまった。平吉は頭の中が、カッとなった。夢中で刀を振りまわして敵の中へ飛び込んだ。敵が後ずさりをして、庭の方まで追っぱらったことを平吉は夢中で知っていた。安蔵が刀を振りまわしているのも知っていた。敵が向うをむいて逃げるのを平吉は暴れながら見ていた。お聖道様の方へ行くと、お聖道様は坐ったまま、うしろへ倒れていた。

「お聖道様」

と平吉は云って肩を起こした。安蔵もそばへ来た。お聖道様は口を大きく開けて目を開こうとしているのである。白眼《しろめ》をして身体をふるわせた。手も足も寒いようにふるえて動いていた。平吉は（お聖道様は暴れようとしているのだ）と思ったので、そっと倒すように、うしろへ寝かせた。それから安蔵に、

「お聖道様は死んだぞ」

と云って立ち上った。安蔵の手をとって抱えるようにして表の入口に行こうとすると、さっきから吠えたてている犬が、こんどは平吉だちに向って吠えながら後を追って来るのである。入口に行くと乗って来た馬はまだいた。安蔵を馬にまたがらせて、平吉もその馬に乗った。馬を走らせながら、

「どっちへ行くか？」

と聞いた。安蔵は北の方へ指をむけて、

「山の方へ」

と云った。平吉は一生懸命馬を走らせた。山道へ入ると、馬が動かなくなったので安蔵だけを乗せて平吉は馬の口をとった。

「お屋形様のいる方へ、この山の奥は塩山《えんざん》の方に出られるから」

と、安蔵が云って、山道を夜も歩いた。馬はすぐ弱ったので乗り捨ててしまった。安蔵は左足を斬られただけだがだん〳〵歩けなくなって、平吉が肩を貸して歩くのだが背負うと同じだった。三日も歩いて川の所へ出た。

「笛吹の川かみだ」

と、安蔵が云った。川しもへ行くと家があった。馬があったので黙って引っぱり出して、二人で乗って山道を下って行った。笛吹の川幅が広くなった村で、お屋形様の様子をきいた。

「ずっと裏山のむこうの、田野《たの》でいくさをしているそうでごいす」

と云うのである。（それに違いねえ）と思ったので、

「どっちへ行けば田野だ?」

と聞くと、

「その川に沿って上れば山の裏でごいす」

と云って、右側の枝川に指を差した。枝川を上って行くと道はせまく急坂になった。馬

を捨ててまた歩いた。山で日が暮れて夜あけに田野の西の村へ出た。村の人に聞くと、

「下の方でいくさをしていやす」

と云うので急いだが、田野へ着いた時はお屋形様だちは死んでいた。行列の人達も死んでいた。ぽっ〳〵と音をたててまだ息をしている者もあった。おけいもウメも嫁も一緒になっていた。嫁はヤヨイを抱いていた。おけいは両足をひらいてうつ伏せになって、背中を大きく斬られて転がっていた。

「惣蔵兄やんは？」

と、安蔵も平吉も探しまわったが見つからなかった。

その頃惣蔵は、五ツになる久蔵を刺し殺して、天目山の入口の崖角《がけかど》に隠れて、通る敵を片手で斬り倒していた。左手で藤づるを摑んで身をささえながら一人しか通れない崖の曲り角で、

(お屋形様の御最後までは、敵を寄せつけるものか)

と、一人斬っては崖下へ蹴落した。斬らなくても足を踏みそこねて崖下へ落ちる奴もあった。崖下の川の流れは騒がしかった。片手で刀を振り上げながら（摑んでいる藤づるが切れれば俺もこの川へ落ちるのだ）と思った。（この川しもには笛吹橋があるのだ）と思った。（この川の血も家の方へ流れるのだ）と思った。

惣蔵は田螺《たにし》のような目を開けて、

（お屋形様の事切れるまでは）

と、片手に刀を振り上げて、片手の藤づるがちぎれるまで、ぶら下りながら敵を斬っては待ち伏せていた。

安蔵と平吉は田野の畑や山道を探しまわったが惣蔵の様子はわからなかった。

「お屋形様の人だちは恵林寺へ逃げ込んだ」

と、村の人が云ってるのを聞いたので、

（恵林寺へ行けば逢える）

と思った。急いで松里の恵林寺へ行くとお屋形様の人達は来ていたのだった。庫裡の縁の下や山門の上にも隠れているが惣蔵はいないのである。

「姿を見せるな、敵は雲のように来ている」

と云われて、山門の二階は身のおき所がない程詰まっていたが安蔵も平吉も入れてもらった。

「姿を見せちょ」

と云われて、そこで寝泊りをした。

その朝、恵林寺の住職は庫裡の縁側を、白襷《しろだすき》をかけたトカゲが這っているのを見つけたのだった。黒いトカゲの背に、白いタスキのような筋のあるトカゲだった。

「このトカゲは、ここの棟上の日にも出て来た」

と、寺男のおじいが云って怖ろしがった。

「お屋形様が滅びたからだ……」

と、住職は云った。

その日、恵林寺は敵に十重《とえ》二十重《はたえ》にとり囲まれてしまったのである。

「逃げ込んだ者を出せ」

と、敵は云って来たが、住職は、

「いない」

と云った。夕暮れ近くになってまた、

「逃げ込んだ者を出せ」

と云うのである。住職は山門の所へ出て行って、

「いない」

と云った。そうすると、敵は寺の軒下のまわりに藁やもしきを積みはじめたのである。

敵はもしきを運びながら、

「糞坊主、陽が当って、山門の上で鎧が光っているぞ」

と、云ったり、

「待ってろ、すぐに、燃してやるから、そのうちに温《ぬく》とくしてやるから」

と悪態を云いながら藁やもしきを積み上げた。

暗くなる頃、敵は山門のまわりに藁に火をつけて投げ込んだのである。山門に出ていた住職は火をつけられると二階へ上って行った。上って行くと隠れていた人達の鎧の端がチョロ〱とトカゲの様に動いて板戸の蔭に隠れていった。だが、安蔵と平吉は隠れなかった。平吉は刀をぬいて安蔵の喉に押し当てていた。

「殺してやるから」

と云って喉仏《のどぼとけ》を睨むと、

「早く〱」

と安蔵は云った。その時、敵は本堂へも火をつけたのである。軒下の藁から白い煙が立ちのぼると、本堂の横で敵がざわめき出したのだった。敵の中をかきわけてタツが出て来たのである。タツは本堂の方へ指を差して、

「次郎、次郎」

と、金切り声で呼んだ。

「恨みを晴らしたぞ、お屋形様はやられたぞ」

と、わめいた。軒下が燃え上って明るくなった中を、

「次郎〱」

と叫びながら、タツはもしきの下をくぐって行った。廊下へ上って行くとお経の声が聞えてきた。(次郎はどこか?)と急いで本堂の戸を開けると、ドッと、経文を唱える声

が、顔に叩きつけられて聞えた。本堂の広間では坊さん達が揃って坐っていて、声をかぎりにお経を唱えていたのである。

皆得解脱。若有時是。観世音菩薩名者。設入大火。火不能焼。由是菩薩威神力故。

タツが戸を開けると、白い煙が吸い込まれるように広間へ吹き込んでいった。目をこすりながら煙に押されてタツは入って行った。「次郎〳〵」と呼びながら探しまわったが、坊さん達は坐ったまま動きだして詰め寄りはじめたので次郎はどれだかわからなくなってしまった。読経の声は荒く喧嘩のように怒鳴るのである。

若為大水。所漂。称其名号。即得浅処。若有百千万億衆生。

タツは「次郎、次郎」と呼んだが自分にも聞えない程、読経の声は気狂いのように騒ぎたてるのである。その時、東の棟からまっ赤な火が吹き込んできたのだった。坊さん達はわーっと立ち上って入口の方へ逃げ出した。一人が転ぶとその上へ折り重なって倒れた。そうすると、入口の方からも火が渦を巻いて吹きこんで来たのである。坊さん達はわーっと騒ぎながら西の隅へ逃げた。タツは坊さん達に押し倒されていた。熱い風の下で顔を上げると、広間のまん中に、一人で坐って経文を唱えている次郎の後姿を見つけた。

是無上呪。是無等等呪。能除一切苦。真実不虚。故説般若波羅蜜多呪。即説呪曰。羯諦羯諦。波羅羯諦。波羅僧羯諦。

タツは「次郎ッ」と叫んで起き上った。駈け寄ろうとした途端、経文箱を蹴とばして、また倒れてしまった。起き上って歩こうとしたら足に経文をからげてしまった。あわてて、手で払い除けようとすると、バラ〳〵と経文がめくれて手にもからみつけてしまった。熱い風に煽られて経文がバタ〳〵と動いた。タツは手も足も経文に縛られたようになって、のたうち廻りながら次郎の方へ転がっていった。次郎につき当ると、次郎はふり返ってタツの顔を見た。経文を唱えながらタツを抱いて、身体に巻きついている経文をはずしながら目の前を見た。そこでは、坊さん達が折り重なって倒れた山の下へ、まだ大勢がもぐり込んでいるのである。折り重なって死んでいる山が、動くように盛り上って、天蓋《てんがい》や幢幡《はた》がちぎれて舞い廻っていた。

その晩、笛吹橋の上では村の人達が騒ぎながら遠い火事を眺めていた。誰かが火事の方へ指をさして、

「恵林寺《エレンジ》が焼けてるぞ」

と云った。その声を、定平は橋の下であしたの米をとぎながら聞いていた。今、土手をおりて来る時にチラッと火事の方を見たが（恵林寺の方角かも知れん）とは思った。だが、でかい声ではっきりと、今、「恵林寺だ」と云うのを聞いて胸がドキッとした。おけい達が行ってしまってから、もう半月もたつが誰も帰って来ないのである。そのあと、攻めて来た敵が家の前を、行ったり来たりしていた。（帰って来ないとこを見れば、おけいまでが逃げおくれて、やられてしまったじゃねえか）とも思った。「恵林寺へ立て籠った」とか「恵林寺へ逃げ込んだ」ということも聞いた。（立て籠ってるなら帰《けえ》って来るかも知れん）とも思った。こないだ、八代の智識さんの所へ聞きに行ったら、若い方の智識さんが、

「恵林寺へ立て籠っても」

と云った。

「駄目でごいすか？」

と、聞いたら、

「あそこの住職は、いつかの太《ふと》った人だから、えらい人だが」

と云うのである。

「肥《こ》えた住職さんじゃ駄目でごいすけ？」

と聞いたが、智識さんはよい返事もしなかったが、駄目だとも云わなかったのである。

だが、今、橋の上で、あんなにはっきり「恵林寺だ」と云っているのだ。もしや？　と頼みに思っていた恵林寺も駄目になってしまったのである。「焼けてる」という声を聞いて定平は胸がドキッとした。だが、知らぬ顔をして米をといでいた。橋の上へ行って火事を見ようとも思うが（見たくもねえ）とも思った。橋の上で騒いでいるのを聞いていると定平のことも云っているのである。

「ギッチョン籠の家じゃ誰も帰《けえ》って来ん」

と、云ったり、

「可哀相に」

なんて云っているのだ。そのうちに、

「ワカサレの孝助やんはうまく帰って来て、うちに隠れてる」

と云う声を聞いた。行け行けと家の者がすすめて行った孝助やんは帰って来て、よせよせと止めた俺家《おらん》では誰も帰って来ないのである。口惜《くや》しくなって顔を上げた。橋の上を睨みつけて、

「あのうちの息子じゃ、帰《けえ》って来ても親を追い出すぐれえが関の山だ」

と、でかい声で云った。下をむいたが、また上をむいて、

「ボコなど、もっても、もたなくても同じことだぞ」

と怒鳴った。思わずそう云ってしまって、目の前に惣蔵の顔がちらついた。（先祖代々

お屋形様のおかげだ）と、あんなことは、嫁の奴が云い出したのに違いないのである。あんな嫁を貰って（えらい災難だ）と思うが、諦めようとしても諦めきれなかった。黙って米をといでいると、橋の上から、

「そんなとこで米をといで、すぐ川かみにゃ人が死んでるぞ」

と云われた。定平は下をむいたまま（ふん）と思った。川を眺めながら、

「三寸《さんずん》流れれば、お水神《すいじん》さんが清めるぞ」

と、口の中でブツブツ云った。誰かが呼んでいたような気がして、顔を上げると、向う側の川っぷちに春やんの婆ァさんがこっちを見ていた。

「こんだァ、いつ水が出るらか？」

と、さっきから聞いていたのだった。

「そんなこたァ知るもんか」

と、定平は怒鳴った。川から笊《ざる》を上げようとしたら、川の底に旗ざしものが長く延びているのである。思わず手を突っ込んでひきずり出した。濡れ髪のようなお屋形様の紋どころが黒く絡《から》みついてきた。攻め太鼓の音が聞えて来るようで、あわてて、バサッとまた川しもへ投げ込んだ。

どうにもならない

解説　町田康

以前、テレビドラマに出演、大きな寺の境内でロケーション撮影をしたことがある。私は、突き当たりに桜の木のある参道のようなところを女優と並んで歩いていた。しかし、ただ歩けばよいという訳ではなく、歩きながら台詞を言わなければならない。その台詞はどんなだったか。完全に忘れた。そこでいま仮に、「あの者たちの神殿はもはや完成間近です。このままでは完成してしまうのです。それを黙ってみているわけにはいかない。私は義のために参らねばなりません。靖子さん。どうか私を許してください。あっ、もう桜が……」という台詞だったとする。

これは、男女の別れのシーンであり、私は深刻な口調で、その台詞を言う。言うのだけれども、頭のなかでは別のことを考えている。なにを考えているかというと、

俺はあの桜のところに着くまでに、どうか私を許してください、を言い終えていなけれ

ばならぬが、参道の距離が短すぎて、私は義のために……、くらいで着いてしまう。ほら、着いてしまった。困ったことだ。演出家が怒って走ってきた。はは、おもろ。

といったようなことを考えているのである。

つまり、いかにも本当らしく、義のためにどうしたこうした、と言いながら、頭のなかでは参道の長さのことを考えているのである。

と言うと、それが演技ということだ、と仰る方があるかも知れず、また、優れた俳優は、その人物になりきっているから、そんな参道の距離のことなんて考えないで、真に義のことを考え、真に別離を悲しみつつ、精確なテンポで台詞を言い切るのだよ。とも仰るだろう。

ということは、演技とは、すなわち、実際に頭のなかで考えていることを訓練によって培われた技術を用いて消去し、別の、用意された考えを上書きして、口で喋っていることと頭のなかで考えていることを統一する、ということである。

しかし、役者でない一般の人はそんなことができないので、台詞を言え、と言われた場合、頭のなかで別のことを考えてしまうのである。

しかし、一般の人がカメラの前に立ち台詞を言うことはまずない。ということは、一般の人は口で喋ることと頭のなかで考えることが合致しているか、というと、それもないように思う。

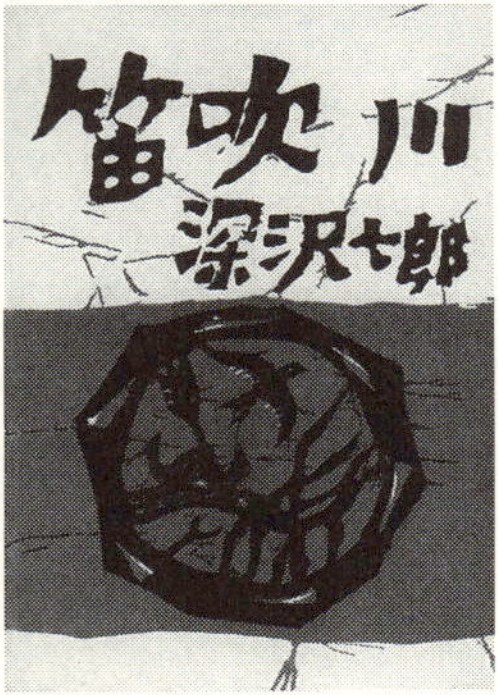

『笛吹川』函
(昭33・4　中央公論社)

『甲州子守唄』函
(昭40・3　講談社)

『庶民烈伝』函
(昭45・1　新潮社)

『みちのくの人形たち』函
(昭55・12　中央公論社)

深沢七郎

なんとなれば、一般の人も人と接して会話、例えば仕事の話をしながら、まったく無関係な、鳥を飼いたい、みたいなことを考えていたり、まったく不埒な、この女と関係をもってみたいものだな、みたいなことを考えていたり、或いは、もっとひどい、ちょっと言えないようなことを考えていたりする、といったことが屢々あるからである。

そして、だからと言ってそれを口にすることはない。なぜなら、そんなことを口走ったら、アホだと思われたり、ひどい人間と思われるなどして、社会に居場所を失うからである。

例えば、私がそうで、右に書いたロケーション撮影の際、怒って走ってきて、「なぜ、おまえは最後まで台詞を言わないのだ」と言う演出家に、「いやあ、言おうと思ってたんだけど、全部、言う前にここに着いちゃったんですよ」と正直に言ったらアホ扱いされた。

なので、人間は一般の人でも、考えていることと喋ることを適宜、調節している。

じゃあ、書く場合はどうかというと、書く場合は、頭のなかで考えていることを書く、ということはこれはよくする。しかし、それは考えられた考え、考えのなかで考えとして調節された考えであり、さらにこれを文章にするにあたってもう一段階調節されるので、喋る際に調節した考えより、さらに調節され、考えられた考えである。

それならば、この世の人情・風俗をあの世として描く小説はどうか。小説なれば、そうした考えられた考えではなく、ダイレクトに考えを表すことができるのではないか、てなものであるが、そうでないのは、作者によって性格と感情を与えられる小説に出てくる人間は、勝手にいろんなことを考えることを許されておらず、俳優ほども自ら考えることを許されていないからで、その点からみれば、小説に出てくる人間は、考えることと喋ることにおいてまったく実は不自由なのであり、逆に言うと、考えのなかで考えとして調節した考えを、ただの考えのように書くことによって小説の自由、作者の考えの自由が確保されているのである。

そして、この『笛吹川』という異様な迫力に満ちた小説のおとろしいのは確かに作者によって書かれているのにもかかわらず、冒頭から、そうして作者が調節した様子がまったく感じられないところである。それは、作者が文章意識を排して書いているという意味ではなく、後で書くかもしれないが、作者の言葉にたいする意識によって齎されたものであると思われる。

例えば、作者が調節した気配を感じないというのは、

おじいは半蔵が何を云うのか大体察しがついていた。孫の半蔵がお屋形様の合戦について行ったことを村の人達には内緒にしていたのだった。帰って来てから云いふらすつもりでいたのだが、あんな所にしゃがみ込んでブドーばかりを食っているのである。下

ばかりを向いていて、こっちも見ない様子では、きっと、いくさに行ってもうまいことはなかったらしいのである。婿の半平は「よせ〳〵」と止めたが、やっぱりその通りで「行け〳〵」とすすめた俺の方がさきの見とおしがつかなかったことになってしまったのである。(略)孫は四人もあるが男は半蔵だけだった。婿の半平などは意気地なしでのろまだから話相手になるのは半蔵だけだった。その半蔵が今、云うことに困ってあんなところへしゃがみ込んでいるのである。なんとか云って智恵を貸してやりたいのだがうまい考えも浮ばなかった。

といった部分で、婿が反対するのにもかかわらず戦に行って手柄をたてるように奨めた孫が、成果を上げることができず、しょんぼり帰ってきたのを見て、自分の面目と孫の心中について思いを巡らせて困惑している、という頭のなかの考えである。

おじいは、から、俺の方が、へ至りつつも、心内を、である、と眺めることによって視点を二重にする手さばきもさることながら、このような考えを作中の人物が考えるのをみたとき、通常の調節・調律された考えに狎れた読者は、まず、半蔵が心に屈託を抱えていると思うし、おじいと婿の半平の間に意見の対立・相違があると読む。ところが、読み進めるとわかるのだけれども、おじいには戦功をたてられなかったように見えた孫の半蔵は戦功をたてており、戦をめぐっての考えの相違はあるにせよ、半平とおじいがその後、対立するということもない。

つまり、これは、おじい、が純粋に考えた、まったく調律されない考えで、その調律されない考えを作者が、ただ眺め、描写しているということになってしまうのである。

何度も言うようで申し訳ないが、心理描写というものは、これとは違って、完全に抑制され、作者が意の如くにコントロールできる。しかるに、この場合、作者は動かしようのない天然自然を眺めるが如くに、おじい、の考えを眺めているのであり、右にみたように小説と小説の作者は小説世界のなかでフリーハンドで、おじいを、そのように見通しを立てられない人物とするために、そのように考えさせたのではない。

おじいは、その後、粗忽によって死ぬ。小説としてみれば、そのように死ぬ人間なので、そのように考えた／考えさせられた、ということになるが、この場合は順序が逆で、そのように、勝手に考えた結果、勝手に死んだ、ということになってしまってるのである。

ということはどういうことか。文字で言葉で文章で、人間を実在させているということである。恐ろしいことである。

なぜそんなことができるのか。それは、作者が文章に対する意識、すなわち調節・調律の意識を排しているからだと思われる。それは小説内の人物が考えるところで、右にも申したとおり、おじいは、俺は、である、であった、と、作者と作中人物の間を言葉が自在に通交しているところを見るとよくわかるが、そしてその、調律されないがゆえの自在の通交は、叙述や会話文にも及んで、小説のなかで人間が生き死にしてしまっているのである。

そして、その自在の通交の法則、交通法規のような役割を果たしているのが、大胆不敵に小説に用いられている、ボコ、とか、ビクという甲州語で、それが叙述に混じることによって、通常の小説の言葉によって読者が感じる印象とはまったく違う、ダイレクトな音が読者の頭に響いて、この小説に、異様な迫力を与え、また、悲哀の調性を決定しているのである。

と言うと、方言を導入した小説とかなんぼうでもあるやんけ、と仰る方もあるかも知れないが、それは、作者がネイティブ・スピーカーである／ない、にかかわらず、作者が恣意的にその語を選択する場合が殆どで、例えば、怜悧な高級官僚に、粗野な河内弁を喋らせる、ということは、あえて滑稽な効果を狙う場合をのぞけば先ずなく、つまり、というか、当然の話であるが、作者の調節の範囲内にあるし、さすれば当然、右に言ったように、人物の考えや言動は考えられたものとなるのである。

じゃあ、作者はなぜそんなことをやったのか、それによってなにを書いたのか、という話になるが、それは、どうしようもないこと、それが作者であれ、読者であれ、どのように考えようと、どのように調律しようと、どうにもならないことで、そのどうしようもないことに直面したとき、人間がどうなるかということである。

どうしようもないとき、どうなるか。という前に、どうしようもないこととはなにか。それは、じりじりするような出郷の感覚であり、出水であり、死であり、時間の流れである。そしてそれらは、本来、言葉と無関係、無言である。しかし、私たちは言葉を発し、文章を紡ぎ、例えば死に言葉を与えてきた。それを無言の側に押し返す。それも言葉で押し返す。

そのとき、言葉は奔騰し、すべてを押し流して、人間の営みの結果である肥えた畑を石ばかりにしてしまう大水のようである。

一般の調節された言葉は、一族の多くの者がそのために殺害されたのにもかかわらず、それを、先祖代々お屋形様のおかげになって、と言い換えることができる。しかし、この小説の言葉は、そう言い換えてしまう人間の哀しみを描きつつ、それすらも無言の側に押し流してしまう。

そして、その圧倒的で、どうしようもない事態は、始まりと終わりを持たず循環する。六尺も厚く土を流した水が、また土を齎すように。おそろしいことである。こんな小説を読んでしまって私はどうしたらいいのかわからず途方に暮れているのである。とりあえず独学で甲州弁の練習をしているが、そんなことをしてもどうにもならないでごいす。

年譜　深沢七郎

一九一四年（大正三年）
一月二九日、山梨県東八代郡（現・笛吹市）石和《いさわ》町市部《いちべ》で、父・深沢隣次郎、母・さとじの四男として生まれる。ただし七郎は、「四月何日か」に生まれたとも証言。印刷業を営む父・隣次郎は事業家気質の持ち主でタクシー業などにも着手。両親ともに熱心な日蓮宗の信者であり、お経やお線香は生活の一部だった。家業多忙のため、二歳から五歳くらいまで、同町に住む老婆に預けられる。

一九二〇年（大正九年）　六歳
四月、石和尋常高等小学校（現・笛吹市立石和南小学校）に入学。三歳くらいから患っていた角膜炎のため、右目がほぼ失明状態に。

一九二六年（大正一五年・昭和元年）　一二歳
四月、山梨県立日川中学校（現・日川高等学校）に入学。通学途次にあった笛吹橋のたもとが後に「笛吹川」の舞台となる。校風に馴染めなかった七郎は成績不振に陥り、一学期修了後、小学校六年生時の担任宅の農家に預けられる。爾来農家が好きになる。この頃、甲府の楽器屋にあった中古ギターに魅了され、父にせがんで買ってもらう。

一九二七年（昭和二年）　一三歳
中学二年の二学期頃、アレクサンドル・デュマ・フィス「椿姫」とアベ・プレヴォー「マノン・レスコー」を読む。それまで「猿飛佐助」など立川文庫の忍術ものばかりを読んでいた七郎は、深い感銘を受ける。
一九三〇年（昭和五年）　一六歳
この年、日川中学校の回覧雑誌「子供の街」に〈妃血楼〉のペンネームで詩一篇を寄せる。
一九三一年（昭和六年）　一七歳
三月、日川中学校を卒業。東京・後楽園の薬屋で奉公を始めるが長続きせず、流転の生活へ。ギターへの思いは強く、四亀清子・小倉俊・横山（佐藤）志智子に師事。
一九三三年（昭和八年）　一九歳
四月、東京劇場でスペインの舞踊家・ギタリストのアスンシオン・グラナドスの公演を見る。以来クラシック・ギターの虜となる。
一九三四年（昭和九年）　二〇歳
父・隣次郎、六五歳で死去。この頃肋膜炎を患う。徴兵検査で丙種合格。その後の再検査では丁種となる。
一九三七年（昭和一二年）　二三歳
前年に一四年ぶりに来日した産児制限論で有名なマーガレット・サンガーが再び来日。おそらくこの年に甲府で産児制限についての講演を聴き、大いに共感。富国徴兵保険相互会社（現・富国生命）の契約課に就職。
一九三八年（昭和一三年）　二四歳
富国徴兵保険の九州支店に転勤、博多に住む。
一九三九年（昭和一四年）　二五歳
秋、博多から帰京し、第一回のギター・リサイタルを丸の内の明治生命講堂で開く。日本ではじめてナイロン絃を使用。
一九四〇年（昭和一五年）　二六歳
この頃保険会社を辞め、徴兵を避けるため報国砂鉄精錬株式会社に就職。
一九四二年（昭和一七年）　二八歳
四月、東京への初空襲の後、帰郷。東山梨郡

（現・甲州市）塩山町の勤労動員署庶務係に勤務。他方で闇商売も行う。一〇月、東京の丸の内の産業組合中央会館講堂でギター・リサイタル。戦時中は菊作りにも熱中。また「鼠小僧」「フーガ」「アレグロ」を執筆。

一九四六年（昭和二一年）三一歳
七月、山梨短歌研究会の「こだま」に、長歌「復員」を寄せる。同月、勝沼町で「お盆興行―ヴァイオリンとギターの競演会」を開催。一〇月、「文芸春秋」掲載の広告を見て「新人作家集団」の会員に応募、文学上の師・丸尾長顕を知る。「白笑」「狂鬼茄子」などを執筆。

一九四七年（昭和二二年）三二歳
一月、「こだま」に連作短歌「たらちねの母に捧ぐ」を発表。この頃、「魔法使いのスケルツオ」を書く。

一九四九年（昭和二四年）三五歳
一〇月六日、母・さとじが肝臓癌のため死去。ほっとした気分を味わう。母の死後、〈ジミー・川上〉の芸名でバンドに入ったり、行商をしたりして各地を転々とする。この頃「二つの主題」が完成。

一九五二年（昭和二七年）三八歳
この年、戦後初のギター・リサイタルを東京・神田のＹＭＣＡで開く。

一九五四年（昭和二九年）四〇歳
前年の暮れから五月末まで、丸尾長顕が演出を担当していた日劇ミュージックホールの正月公演「一日だけの恋人」に〈桃原青二〉の芸名で特別出演。秋の公演にも出演した。この頃、「月のアペニン山」を書く。

一九五五年（昭和三〇年）四一歳
東京都内を転々としていたが、この年深川牡丹町に下宿を定める。七郎は釣り舟を手に入れ、普段は船宿に預け稼がせていた。この頃水上生活者を扱った「揺れる家」を書く。

一九五六年（昭和三一年）四二歳

二月、家とミュージックホールの楽屋で「楢山節考」を執筆。七月、両国の川開きの時、自らが所有する舟の上で、丸尾長顕に「楢山節考」の最終稿を見せる。丸尾の勧めにより、「中央公論」新人賞に応募。またこの頃「笛吹川」執筆の準備に着手、武田信玄についての郷土資料を収集。一〇月、「楢山節考」が第一回「中央公論」新人賞を受賞（「中央公論」一一月号に掲載）。選考委員は伊藤整、武田泰淳、三島由紀夫。

一九五七年（昭和三二年）　四三歳

一月、「東北の神武たち」（「中央公論」）、同月一六日、「楢山節考」がNHKのラジオ劇場で放送。二月、「揺れる家」（「新潮」）、単行本『楢山節考』（中央公論社）が刊行、ベストセラーに。同月五日、日劇ミュージックホールで『楢山節考』の出版記念会。七郎のギター伴奏で泉徳右衛門・春名が「楢山節考」を踊り、伊藤久男が「楢山節」を、島倉千代子が「つんぼゆすりの歌」を七郎の伴奏で歌った。また総勢一五〇人のダンサー及びミュージシャンが出演して「ミュージックホール・グラン・ギャラ―M・Hの神武たち」を上演。四月、「月のアペニン山」「南京小僧」「魔法使いのスケルツオ」を「三つのエチュード」として発表（「知性」）。一〇月、市川崑監督の映画「東北の神武たち」が公開。

一九五八年（昭和三三年）　四四歳

四月、書き下ろしの長篇小説『笛吹川』（中央公論社）を刊行。花田清輝、平野謙、江藤淳、本多秋五らの間で「笛吹川」論争。六月、木下恵介監督の映画「楢山節考」が公開。興行成績もよく、「キネマ旬報」のベストテンでも第一位。同月、「ろまんさ」（「婦人公論」）。一〇月、戯曲「楢山節考」（「婦人公論」臨時増刊）。

一九五九年（昭和三四年）　四五歳

五月、「かげろう囃子」(「新潮」)。七月、「朝鮮風小夜楽」(「中央公論」臨時増刊・文芸特集号)。一〇月、「東京のプリンスたち」(「中央公論」臨時増刊・文芸特集号)。一一月、「絢爛の椅子」(「婦人公論」)。この年、「楢山節考」の仏訳がフランスのガリマール出版社から刊行。

一九六〇年(昭和三五年) 四六歳
三月一八日、二五日、「楢山節考」が日本テレビのテレビ劇場で放映。同月、三島由紀夫主演の映画「からっ風野郎」の主題歌を作曲、ギター演奏も担当(作詞と歌は三島由紀夫)、キングレコードからEPも発売。一〇月、「女中ボンジョン」(「小説中央公論」秋季号)。同月、木下恵介監督の映画「笛吹川」が公開。「キネマ旬報」のベストテンでは第四位だったが、興行的には失敗。一二月、「風流夢譚」(「中央公論」)。「東京毎夕新聞」一一月一六日号に掲載の「〝皇太子の首を斬った〟深沢七郎」という記事を皮切りに、大反響を招く。

一九六一年(昭和三六年) 四七歳
二月一日、「風流夢譚」に憤慨した一七歳の少年が、中央公論社社長・嶋中鵬二社長宅に上がり込み、お手伝いの女性を刺殺、社長夫人にも重傷を負わせる。事件後、七郎は逃亡し、京都・大阪・尾道・広島・北海道などを放浪。一一月、「流浪の手記」(「サンデー毎日」特別号)。一二月、「自伝ところどころ」(「新潮」)。

一九六二年(昭和三七年) 四八歳
二月二六日、「風流夢譚」事件の被告に対し東京地裁は懲役一五年の判決。四月、「流転の記」(「群像」)。六月、「庶民烈伝」〈『庶民烈伝』序章〉(「新潮」)。九月、「おくま嘘歌」〈『庶民烈伝』その一〉(「新潮」)。

一九六三年(昭和三八年) 四九歳
一月、「枕経」(「文芸」)、正宗白鳥の死を追悼した「白鳥の死」(「新潮」)、「正宗白鳥と私」(「群像」)。八月、「脅迫者」(「文芸」)。九月、「お燈明の姉妹」(『庶民烈伝』その二)(「新潮」)。一二月、「数の年齢」(「群像」)。武田泰淳「ニセ札つかいの手記」(「群像」六月)で主人公のモデルにされ、「丸木・ヴァレンチノ」という芸名をつけられたので、アパートの表札もそれに変えてしまう。

一九六四年(昭和三九年)　五〇歳

一月、「安芸のやぐも唄」(『庶民烈伝』その三)(「新潮」)。五月、「千秋楽」(「文芸」)。一二月、「甲州子守唄」(「群像」)。この年、篠原有司男ら「読売アンデパンダン」から分かれたネオ・ダダの前衛芸術家が、新宿の椿近代画廊で「オフ・ミュージアム」展を開催。七郎も「風流夢譚」に出てくる時計をオブジェとして制作し出品。その時の体験をもとに「物と事」(「文芸」八月)を書く。

一九六五年(昭和四〇年)　五一歳

一一月八日、埼玉県南埼玉郡菖蒲町にラブミー農場を開く。念願の「百姓生活」を始める。

一九六六年(昭和四一年)　五二歳

六月、「色即是空記」(「話の特集」)。九月、「生態を変える記」(「新潮」)。この頃、農地委員会からも職業・農業と認定される。

一九六七年(昭和四二年)　五三歳

三月、「サロメの十字架」(『庶民烈伝』その四)(「新潮」)。同月、新宿厚生年金ホールで戦後二回目のギター・リサイタル。七月、「白笑」(「批評」)。

一九六八年(昭和四三年)　五四歳

三月、「妖術的過去」(「群像」)、また『深沢七郎選集』(大和書房)発刊を記念して、二日に甲府の県民会館で、九日に「レイテ島で死んだ小栗孝之氏の遺作発表」として新宿厚生年金ホールでリサイタル。小栗は七郎の旧友でもあり師でもあった作曲家・ギタリスト。一〇月三一日、狭心症の発作を起こす。

一九六九年（昭和四四年）　五五歳

九月、「べえべえぶし」〈『庶民烈伝』その五〉（「文芸」）、「異説太閤記」（「小説宝石」）の連載開始（一二月まで）。一〇月、「土と根の記憶」〈『庶民烈伝』その六〉（「新潮」）。一一月、「無妙記」（「文芸」）。

一九七〇年（昭和四五年）　五六歳

一月、「女形」（「文学界」）、「因果物語―巷説・武田信玄」（「文芸」、二月・八月にも発表）。

一九七一年（昭和四六年）　五七歳

一月、「小さなロマンス」（「文学界」）。一〇月一日、墨田区東向島に今川焼の店・夢屋を開店。農閑期の一〇月から四月末までの営業。

一九七二年（昭和四七年）　五八歳

一二月二日、西武デパート池袋店に夢屋支店を開店。包装紙は横尾忠則のデザイン。

一九七三年（昭和四八年）　五九歳

五月、書き下ろしの『盆栽老人とその周辺』（文芸春秋）。七月、『深沢ギター教室』（光文社）。この年、ＬＰレコード「祖母の昔語り」を出す。ハンガリーで「楢山節考」が映画化されることになり、ハンガリー政府が七郎を招聘。ハンガリー移住を考えたが、心臓病への不安などから中止に。

一九七四年（昭和四九年）　六〇歳

四月一日、「朝日新聞」「近況」欄で七郎の「仙人に近い生活」が紹介される。七月、「別冊新評」が全特集「深沢七郎の世界」を組む。この年、「楢山節考」を素材にしたコーシャ・フェレンツ Kósa Ferenc 監督によるハンガリー映画「ホーサカダーシュ Hószakadás（降雪）」が公開される。

一九七五年（昭和五〇年）　六一歳

一月、「妖木犬山椒」（「文芸」）、「草の中の南瓜」（「文学界」）。六月、「村正の兄弟」（「文芸」）。一二月、大宮の日赤病院に入院。
一九七六年（昭和五一年）　六二歳
一二月、武田泰淳の追悼文「師のこと—武田泰淳」（「文学界」）。
一九七七年（昭和五二年）　六三歳
六月、「白いボックスと青い箱」（「文芸」）。
一〇月、エルヴィス・プレスリーの追悼文「わが神プレスリーよ永遠なれ」（「婦人公論」）。
一九七八年（昭和五三年）　六四歳
四月、「ゲコの酌」（「すばる」）。
一九七九年（昭和五四年）　六五歳
二月、「アラビヤ風狂想曲」（「すばる」）。五月、「をんな曼陀羅」（「すばる」）。六月、「みちのくの人形たち」（「中央公論」）。八月、「秘戯」（「文学界」）。この年、私家版『みちのくの人形たち』と『秘戯』を作る。
一九八〇年（昭和五五年）　六六歳
六月、「みちのくの人形たち」で川端康成文学賞に選ばれたが辞退。八月、「『笛吹川』とギッチョン籠」（「週刊新潮」）、一〇月、「『破れ草紙』に拠るレポート」（「すばる」）。一一月、「闇に咲く美青年」（「文学界」）、「いろひめの水」（「中央公論」）、一二月、「和人のユーカラ」（「海」）。
一九八一年（昭和五六年）　六七歳
一月、「花に舞う」（「すばる」）、八月、「変化草」（「すばる」）。一一月、「いやさか囃子」（「中央公論」）。前年一二月に刊行された『みちのくの人形たち』（中央公論社）で谷崎潤一郎賞を受賞。谷崎は「春琴抄」を読んで以来敬愛し続けた作家だった。一一月の受賞祝賀会ではヤクザ踊りを披露。
一九八二年（昭和五七年）　六八歳
一月、「報酬」（「すばる」）。八月、「サド人との聖約」（「すばる」）。
一九八三年（昭和五八年）　六九歳

四月、今村昌平が監督した映画「楢山節考」が公開。「楢山節考」に「東北の神武たち」を加味した内容。カンヌ国際映画祭でパルムドールを獲得。

一九八四年（昭和五九年）　七〇歳

一月、「極楽まくらおとし図」（「すばる」）。

五月、「夢と漂白、私の70年　深沢七郎徹底インタビュー」（「すばる」）。

一九八五年（昭和六〇年）　七一歳

一月、「刺青菩薩」（「すばる」）。

一九八七年（昭和六二年）　七三歳

八月一八日、心不全のため死去。葬儀では、七郎自作の読経テープが流された。

二〇〇三年（平成一五年）

八月、アブソード・ミュージック・ジャパンからCD「深沢七郎ギター独奏集　祖母の昔語り」が出る。

二〇〇九年（平成二一年）

二月、「新発見深沢七郎未発表作品」として「二つの主題　遁走曲《フーガ》―還暦物語」が「新潮」に掲載。八月二七日、「毎日新聞」に「深沢七郎　戦中ギタリスト時代の演奏会プログラム発見」の記事が掲載。

作成に際しては深沢七郎のエッセイ及びインタビュー、各種全集や雑誌特集に掲載された年譜などを参照した。とりわけ福岡哲司『深沢七郎ラプソディ』（TBSブリタニカ、一九九四年七月）と相馬庸郎『深沢七郎　この面妖なる魅力』（勉誠出版、二〇〇〇年七月）に拠るところが大きい。またハンガリー語とハンガリー映画については、ハンガリー文化センターの岡本佳子氏の御教示を得た。なお単行本の記述は最小限にとどめた。別掲の「著書目録」を参照いただきたい。

（山本幸正・編）

著書目録

深沢七郎

【単行本】

楢山節考　昭32・2　中央公論社
笛吹川　昭33・4　中央公論社
言わなければよかったのに日記　昭33・10　中央公論社
東京のプリンスたち　昭34・11　中央公論社
流浪の手記　昭38・8　アサヒ芸能出版
千秋楽　昭39・8　河出書房新社
甲州子守唄　昭40・3　講談社
人間滅亡の唄　昭41・12　徳間書店
百姓志願　昭43・7　毎日新聞社
庶民烈伝　昭45・1　新潮社
人間滅亡的人生案内　昭46・7　河出書房新社
盲滅法（対談集）　昭46・11　創樹社
それで事は始まる（小田実、寺山修二他との共著）　昭47・4　合同出版
怠惰の美学　昭47・11　日芸出版
生き難い世に生きる（対談集）　昭48・4　実業之日本社
盆栽老人とその周辺　昭48・5　文芸春秋
深沢ギター教室　昭48・7　光文社
青春遊泳ノート（唐十郎、竹中労他との共著）　昭48・6　双葉社
くらしの中の男二人　昭48・7　現代史資料セ

（小田実との対談集）　ンター出版会
無妙記　昭50・8　河出書房新社
千秋楽　昭51・8　河出書房新社
たったそれだけの人生（対談集）　昭53・6　集英社
みちのくの人形たち　昭55・12　中央公論社
ちょっと一服、冥土の道草　昭58・3　文芸春秋
極楽まくらおとし図　昭60・10　集英社
夢辞典　昭62・3　文芸春秋
深沢七郎ライブ　昭63・6　話の特集編集室
生きているのはひまつぶし　平17・7　光文社

【全集・選集】

深沢七郎選集（全3巻）　昭43　大和書房
深沢七郎傑作小説集（全4巻）　昭45　読売新聞社
深沢七郎集（全10巻）　平9　筑摩書房
創作代表選集25　昭35　講談社
新日本文学全集12　昭38　集英社
日本文学全集72　昭40　新潮社
現代の文学31　昭40　河出書房新社
われらの文学9　昭42　講談社
全集・現代文学の発見15　昭43　学芸書林
現代文学大系66　昭43　筑摩書房
日本現代文学全集106　昭44　講談社
全集・現代文学の発見6　昭44　学芸書林
日本短篇文学全集9　昭44　筑摩書房
ブラック・ユーモア選集5　昭45　早川書房
日本文学全集別巻1　昭46　河出書房新社
日本の文学80　昭46　中央公論社
日本文学全集55　昭46　河出書房新社
現代日本戯曲大系4　昭46　三一書房
現代日本文学大系89　昭47　筑摩書房

現代の文学9　昭49　講談社
現代日本の文学40　昭51　学習研究社
新潮現代文学47　昭56　新潮社
昭和文学全集25　昭63　小学館
ちくま日本文学全集52　平5　筑摩書房
新・ちくま文学の森4　平6　筑摩書房
新・ちくま文学の森10　平7　筑摩書房

【文庫】

楢山節考　昭33　中公文庫
楢山節考（解＝日沼倫太郎）　昭39　新潮文庫
笛吹川　昭41　新潮文庫
甲州子守唄（解＝尾崎秀樹）　昭47　講談社文庫
東北の神武たち（解＝佐伯彰一）　昭47　新潮文庫
千秋楽　昭49　新潮文庫
人間滅亡の唄　昭50　新潮文庫
甲州子守唄　昭52　中公文庫
妖木犬山椒　昭53　中公文庫
盆栽老人とその周辺　昭55　文春文庫
庶民烈伝　昭56　新潮文庫
みちのくの人形たち（解＝尾辻克彦）　昭57　中公文庫
余禄の人生　昭61　文春文庫
流浪の手記　昭62　徳間文庫
言わなければよかったのに日記（解＝尾辻克彦）　昭62　中公文庫
深沢七郎の滅亡対談（解＝小沢信男）　平5　ちくま文庫
生きているのはひまつぶし　平22　光文社文庫
深沢七郎コレクション　流（解＝戌井昭人）　平22　ちくま文庫
深沢七郎コレクション　転（解＝戌井昭人）　平22　ちくま文庫

（作成・山本幸正）

本書は、筑摩書房刊『深沢七郎集 第三巻』（一九九七年四月）を底本としました。底本にある表現で、今日からみれば不適切と思われる表現がありますが、作品の書かれた時代背景、作品の文学的価値および著者が故人であることなどを考慮し、底本のままとしました。よろしくご理解のほどお願いいたします。

笛吹川《ふえふきがわ》
深沢七郎《ふかざわしちろう》

二〇一一年五月一〇日第一刷発行
二〇二四年七月一九日第一〇刷発行

発行者――森田浩章
発行所――株式会社 講談社
東京都文京区音羽2・12・21 〒112-8001
電話 編集（03）5395・3513
販売（03）5395・5817
業務（03）5395・3615

デザイン――菊地信義
印刷――株式会社KPSプロダクツ
製本――株式会社国宝社
本文データ制作――講談社デジタル製作

定価はカバーに表示してあります。

講談社
文芸文庫

ISBN978-4-06-290122-2

青木淳選	建築文学傑作選	青木 淳――解
青山二郎	眼の哲学|利休伝ノート	森 孝一――人／森 孝一――年
阿川弘之	舷燈	岡田 睦――解／進藤純孝――案
阿川弘之	鮎の宿	岡田 睦――年
阿川弘之	論語知らずの論語読み	高島俊男――解／岡田 睦――年
阿川弘之	亡き母や	小山鉄郎――解／岡田 睦――年
秋山駿	小林秀雄と中原中也	井口時男――解／著者他――年
芥川龍之介	上海游記|江南游記	伊藤桂一――解／藤本寿彦――年
芥川龍之介 谷崎潤一郎	文芸的な、余りに文芸的な|饒舌録ほか 芥川vs.谷崎論争　千葉俊二編	千葉俊二――解
安部公房	砂漠の思想	沼野充義――人／谷 真介――年
安部公房	終りし道の標べに	リービ英雄-解／谷 真介――案
安部ヨリミ	スフィンクスは笑う	三浦雅士――解
有吉佐和子	地唄|三婆 有吉佐和子作品集	宮内淳子――解／宮内淳子――年
有吉佐和子	有田川	半田美永――解／宮内淳子――年
安藤礼二	光の曼陀羅 日本文学論	大江健三郎賞選評-解／著者――年
李良枝	由熙|ナビ・タリョン	渡部直己――解／編集部――年
李良枝	石の聲 完全版	李 栄――解／編集部――年
石川桂郎	妻の温泉	富岡幸一郎-解
石川淳	紫苑物語	立石 伯――解／鈴木貞美――案
石川淳	黄金伝説|雪のイヴ	立石 伯――解／日高昭二――案
石川淳	普賢|佳人	立石 伯――解／石和 鷹――案
石川淳	焼跡のイエス|善財	立石 伯――解／立石 伯――年
石川啄木	雲は天才である	関川夏央――解／佐藤清文――年
石坂洋次郎	乳母車|最後の女 石坂洋次郎傑作短編選	三浦雅士――解／森 英一――年
石原吉郎	石原吉郎詩文集	佐々木幹郎-解／小柳玲子――年
石牟礼道子	妣たちの国 石牟礼道子詩歌文集	伊藤比呂美-解／渡辺京二――年
石牟礼道子	西南役伝説	赤坂憲雄――解／渡辺京二――年
磯﨑憲一郎	鳥獣戯画|我が人生最悪の時	乗代雄介――解／著者――年
伊藤桂一	静かなノモンハン	勝又 浩――解／久米 勲――年
伊藤痴遊	隠れたる事実 明治裏面史	木村 洋――解
伊藤痴遊	続 隠れたる事実 明治裏面史	奈良岡聰智-解
伊藤比呂美	とげ抜き　新巣鴨地蔵縁起	栩木伸明――解／著者――年
稲垣足穂	稲垣足穂詩文集	高橋孝次――解／高橋孝次――年

▶解=解説　案=作家案内　人=人と作品　年=年譜を示す。　2024年7月現在

井上ひさし-京伝店の烟草入れ 井上ひさし江戸小説集 野口武彦——解／渡辺昭夫——年
井上靖——補陀落渡海記 井上靖短篇名作集 曾根博義——解／曾根博義——年
井上靖——本覚坊遺文 高橋英夫——解／曾根博義——年
井上靖——崑崙の玉|漂流 井上靖歴史小説傑作選 島内景二——解／曾根博義——年
井伏鱒二——還暦の鯉 庄野潤三——人／松本武夫——年
井伏鱒二——厄除け詩集 河盛好蔵——人／松本武夫——年
井伏鱒二——夜ふけと梅の花|山椒魚 秋山駿——解／松本武夫——年
井伏鱒二——鞆ノ津茶会記 加藤典洋——解／寺横武夫——年
井伏鱒二——釣師・釣場 夢枕獏——解／寺横武夫——年
色川武大——生家へ 平岡篤頼——解／著者——年
色川武大——狂人日記 佐伯一麦——解／著者——年
色川武大——小さな部屋|明日泣く 内藤誠——解／著者——年
岩阪恵子——木山さん、捷平さん 蜂飼耳——解／著者——年
内田百閒——百閒随筆 Ⅱ 池内紀編 池内紀——解／佐藤聖——年
内田百閒——[ワイド版]百閒随筆 Ⅰ 池内紀編 池内紀——解
宇野浩二——思い川|枯木のある風景|蔵の中 水上勉——解／柳沢孝子——案
梅崎春生——桜島|日の果て|幻化 川村湊——解／古林尚——案
梅崎春生——ボロ家の春秋 菅野昭正——解／編集部——年
梅崎春生——狂い凧 戸塚麻子——解／編集部——年
梅崎春生——悪酒の時代 猫のことなど —梅崎春生随筆集— 外岡秀俊——解／編集部——年
江藤淳——成熟と喪失 —"母"の崩壊— 上野千鶴子—解／平岡敏夫——案
江藤淳——考えるよろこび 田中和生——解／武藤康史——年
江藤淳——旅の話・犬の夢 富岡幸一郎—解／武藤康史——年
江藤淳——海舟余波 わが読史余滴 武藤康史——解／武藤康史——年
江藤淳
蓮實重彦——オールド・ファッション 普通の会話 高橋源一郎—解
遠藤周作——青い小さな葡萄 上総英郎——解／古屋健三——案
遠藤周作——白い人|黄色い人 若林真——解／広石廉二——年
遠藤周作——遠藤周作短篇名作選 加藤宗哉——解／加藤宗哉——年
遠藤周作——『深い河』創作日記 加藤宗哉——解／加藤宗哉——年
遠藤周作——[ワイド版]哀歌 上総英郎——解／高山鉄男——案
大江健三郎-万延元年のフットボール 加藤典洋——解／古林尚——案
大江健三郎-叫び声 新井敏記——解／井口時男——案
大江健三郎-みずから我が涙をぬぐいたまう日 渡辺広士——解／高田知波——案

大江健三郎-懐かしい年への手紙　小森陽一──解／黒古一夫──案
大江健三郎-静かな生活　伊丹十三──解／栗坪良樹──案
大江健三郎-僕が本当に若かった頃　井口時男──解／中島国彦──案
大江健三郎-新しい人よ眼ざめよ　リービ英雄-解／編集部──年
大岡昇平──中原中也　粟津則雄──解／佐々木幹郎-案
大岡昇平──花影　小谷野 敦──解／吉田凞生──年
大岡 信──私の万葉集一　東 直子──解
大岡 信──私の万葉集二　丸谷才一──解
大岡 信──私の万葉集三　嵐山光三郎-解
大岡 信──私の万葉集四　正岡子規──附
大岡 信──私の万葉集五　高橋順子──解
大岡 信──現代詩試論|詩人の設計図　三浦雅士──解
大澤真幸──〈自由〉の条件
大澤真幸──〈世界史〉の哲学 1　古代篇　山本貴光──解
大澤真幸──〈世界史〉の哲学 2　中世篇　熊野純彦──解
大澤真幸──〈世界史〉の哲学 3　東洋篇　橋爪大三郎-解
大澤真幸──〈世界史〉の哲学 4　イスラーム篇　吉川浩満──解
大西巨人──春秋の花　城戸朱理──解／齋藤秀昭──年
大原富枝──婉という女|正妻　高橋英夫──解／福江泰太──年
岡田 睦──明日なき身　富岡幸一郎-解／編集部──年
岡本かの子-食魔 岡本かの子食文学傑作選 大久保喬樹編　大久保喬樹-解／小松邦宏──年
岡本太郎──原色の呪文 現代の芸術精神　安藤礼二──解／岡本太郎記念館-年
小川国夫──アポロンの島　森川達也──解／山本恵一郎-年
小川国夫──試みの岸　長谷川郁夫-解／山本恵一郎-年
奥泉 光──石の来歴|浪漫的な行軍の記録　前田 塁──解／著者──年
奥泉 光／群像編集部 編-戦後文学を読む
大佛次郎──旅の誘い 大佛次郎随筆集　福島行一──解／福島行一──年
織田作之助-夫婦善哉　種村季弘──解／矢島道弘──年
織田作之助-世相|競馬　稲垣眞美──解／矢島道弘──年
小田 実──オモニ太平記　金 石 範──解／編集部──年
小沼 丹──懐中時計　秋山 駿──解／中村 明──案
小沼 丹──小さな手袋　中村 明──人／中村 明──年
小沼 丹──村のエトランジェ　長谷川郁夫-解／中村 明──年

講談社文芸文庫

小沼丹——珈琲挽き　清水良典——解／中村 明——年
小沼丹——木菟燈籠　堀江敏幸——解／中村 明——年
小沼丹——藁屋根　佐々木 敦—解／中村 明——年
折口信夫—折口信夫文芸論集 安藤礼二編　安藤礼二—解／著者——年
折口信夫—折口信夫天皇論集 安藤礼二編　安藤礼二—解
折口信夫—折口信夫芸能論集 安藤礼二編　安藤礼二—解
折口信夫—折口信夫対話集 安藤礼二編　安藤礼二—解／著者——年
加賀乙彦—帰らざる夏　リービ英雄-解／金子昌夫—案
葛西善蔵—哀しき父|椎の若葉　水上 勉——解／鎌田 慧——案
葛西善蔵—贋物|父の葬式　鎌田 慧——解
加藤典洋—アメリカの影　田中和生—解／著者——年
加藤典洋—戦後的思考　東 浩紀——解／著者——年
加藤典洋—完本 太宰と井伏 ふたつの戦後　與那覇 潤—解／著者——年
加藤典洋—テクストから遠く離れて　高橋源一郎-解／著者・編集部-年
加藤典洋—村上春樹の世界　マイケル・エメリック-解
加藤典洋—小説の未来　竹田青嗣——解／著者・編集部-年
加藤典洋—人類が永遠に続くのではないとしたら　吉川浩満——解／著者・編集部-年
金井美恵子-愛の生活|森のメリュジーヌ　芳川泰久——解／武藤康史—年
金井美恵子-ピクニック、その他の短篇　堀江敏幸——解／武藤康史—年
金井美恵子-砂の粒|孤独な場所で 金井美恵子自選短篇集　磯﨑憲一郎-解／前田晃——年
金井美恵子-恋人たち|降誕祭の夜 金井美恵子自選短篇集　中原昌也——解／前田晃——年
金井美恵子-エオンタ|自然の子供 金井美恵子自選短篇集　野田康文——解／前田晃——年
金子光晴—絶望の精神史　伊藤信吉—人／中島可一郎-年
金子光晴—詩集「三人」　原 満三寿—解／編集部——年
鏑木清方—紫陽花舎随筆 山田肇選　鏑木清方記念美術館-年
嘉村礒多—業苦|崖の下　秋山 駿——解／太田静一——年
柄谷行人—意味という病　絓 秀実——解／曾根博義—案
柄谷行人—畏怖する人間　井口時男——解／三浦雅士—案
柄谷行人編-近代日本の批評 Ⅰ 昭和篇上
柄谷行人編-近代日本の批評 Ⅱ 昭和篇下
柄谷行人編-近代日本の批評 Ⅲ 明治・大正篇
柄谷行人—坂口安吾と中上健次　井口時男——解／関井光男—年
柄谷行人—日本近代文学の起源 原本　関井光男—年

柄谷行人 中上健次	柄谷行人中上健次全対話	高澤秀次——解
柄谷行人	反文学論	池田雄一——解／関井光男——年
柄谷行人 蓮實重彥	柄谷行人蓮實重彥全対話	
柄谷行人	柄谷行人インタヴューズ1977-2001	
柄谷行人	柄谷行人インタヴューズ2002-2013	丸川哲史——解／関井光男——年
柄谷行人	[ワイド版]意味という病	絓 秀実——解／曾根博義——案
柄谷行人	内省と遡行	
柄谷行人 浅田彰	柄谷行人浅田彰全対話	
柄谷行人	柄谷行人対話篇Ⅰ 1970-83	
柄谷行人	柄谷行人対話篇Ⅱ 1984-88	
柄谷行人	柄谷行人対話篇Ⅲ 1989-2008	
柄谷行人	柄谷行人の初期思想	國分功一郎-解／関井光男・編集部-年
河井寛次郎	火の誓い	河井須也子-人／鷺 珠江——年
河井寛次郎	蝶が飛ぶ 葉っぱが飛ぶ	河井須也子-解／鷺 珠江——年
川喜田半泥子	随筆 泥仏堂日録	森 孝一——解／森 孝一——年
川崎長太郎	抹香町｜路傍	秋山 駿——解／保昌正夫——年
川崎長太郎	鳳仙花	川村二郎——解／保昌正夫——年
川崎長太郎	老残｜死に近く 川崎長太郎老境小説集	いしいしんじ-解／齋藤秀昭——年
川崎長太郎	泡｜裸木 川崎長太郎花街小説集	齋藤秀昭——解／齋藤秀昭——年
川崎長太郎	ひかげの宿｜山桜 川崎長太郎「抹香町」小説集	齋藤秀昭——解／齋藤秀昭——年
川端康成	一草一花	勝又 浩——人／川端香男里-年
川端康成	水晶幻想｜禽獣	高橋英夫——解／羽鳥徹哉——案
川端康成	反橋｜しぐれ｜たまゆら	竹西寛子——解／原 善——案
川端康成	たんぽぽ	秋山 駿——解／近藤裕子——案
川端康成	浅草紅団｜浅草祭	増田みず子-解／栗坪良樹——案
川端康成	文芸時評	羽鳥徹哉——解／川端香男里-年
川端康成	非常｜寒風｜雪国抄 川端康成傑作短篇再発見	富岡幸一郎-解／川端香男里-年
上林暁	聖ヨハネ病院にて｜大懺悔	富岡幸一郎-解／津久井 隆——年
菊地信義	装幀百花 菊地信義のデザイン 水戸部功編	水戸部 功——解／水戸部 功——年
木下杢太郎	木下杢太郎随筆集	岩阪恵子——解／柿谷浩一——年
木山捷平	氏神さま｜春雨｜耳学問	岩阪恵子——解／保昌正夫——案

講談社文芸文庫

木山捷平――鳴るは風鈴 木山捷平ユーモア小説選　坪内祐三――解／編集部――年
木山捷平――落葉|回転窓 木山捷平純情小説選　岩阪恵子――解／編集部――年
木山捷平――新編 日本の旅あちこち　岡崎武志――解
木山捷平――酔いざめ日記
木山捷平――[ワイド版]長春五馬路　蜂飼 耳――解／編集部――年
京須偕充――圓生の録音室　赤川次郎・柳家喬太郎――解
清岡卓行――アカシヤの大連　宇佐美 斉――解／馬渡憲三郎-案
久坂葉子――幾度目かの最期 久坂葉子作品集　久坂部 羊――解／久米 勲――年
窪川鶴次郎-東京の散歩道　勝又 浩――解
倉橋由美子-蛇|愛の陰画　小池真理子-解／古屋美登里-年
黒井千次――たまらん坂 武蔵野短篇集　辻井 喬――解／篠崎美生子-年
黒井千次選-「内向の世代」初期作品アンソロジー
黒島伝治――橇|豚群　勝又 浩――人／戎居士郎――年
群像編集部編-群像短篇名作選 1946～1969
群像編集部編-群像短篇名作選 1970～1999
群像編集部編-群像短篇名作選 2000～2014
幸田文――ちぎれ雲　中沢けい――人／藤本寿彦――年
幸田文――番茶菓子　勝又 浩――人／藤本寿彦――年
幸田文――包む　荒川洋治――人／藤本寿彦――年
幸田文――草の花　池内 紀――人／藤本寿彦――年
幸田文――猿のこしかけ　小林裕子――解／藤本寿彦――年
幸田文――回転どあ|東京と大阪と　藤本寿彦――解／藤本寿彦――年
幸田文――さざなみの日記　村松友視――解／藤本寿彦――年
幸田文――黒い裾　出久根達郎-解／藤本寿彦――年
幸田文――北愁　群 ようこ――解／藤本寿彦――年
幸田文――男　山本ふみこ-解／藤本寿彦――年
幸田露伴――運命|幽情記　川村二郎――解／登尾 豊――案
幸田露伴――芭蕉入門　小澤 實――解
幸田露伴――蒲生氏郷|武田信玄|今川義元　西川貴子――解／藤本寿彦――年
幸田露伴――珍饌会 露伴の食　南條竹則――解／藤本寿彦――年
講談社編――東京オリンピック 文学者の見た世紀の祭典　高橋源一郎-解
講談社文芸文庫編-第三の新人名作選　富岡幸一郎-解
講談社文芸文庫編-大東京繁昌記 下町篇　川本三郎――解
講談社文芸文庫編-大東京繁昌記 山手篇　森 まゆみ――解

講談社文芸文庫

講談社文芸文庫編	戦争小説短篇名作選	若松英輔——解
講談社文芸文庫編	明治深刻悲惨小説集 齋藤秀昭選	齋藤秀昭——解
講談社文芸文庫編	個人全集月報集 武田百合子全作品・森茉莉全集	
小島信夫	抱擁家族	大橋健三郎-解／保昌正夫——案
小島信夫	うるわしき日々	千石英世——解／岡田 啓——年
小島信夫	月光｜暮坂 小島信夫後期作品集	山崎 勉——解／編集部——年
小島信夫	美濃	保坂和志——解／柿谷浩一——年
小島信夫	公園｜卒業式 小島信夫初期作品集	佐々木 敦—解／柿谷浩一——年
小島信夫	各務原・名古屋・国立	高橋源一郎-解／柿谷浩一——年
小島信夫	[ワイド版]抱擁家族	大橋健三郎-解／保昌正夫——案
後藤明生	挾み撃ち	武田信明——解／著者——年
後藤明生	首塚の上のアドバルーン	芳川泰久——解／著者——年
小林信彦	[ワイド版]袋小路の休日	坪内祐三——解／著者——年
小林秀雄	栗の樹	秋山 駿——人／吉田凞生——年
小林秀雄	小林秀雄対話集	秋山 駿——解／吉田凞生——年
小林秀雄	小林秀雄全文芸時評集 上・下	山城むつみ-解／吉田凞生——年
小林秀雄	[ワイド版]小林秀雄対話集	秋山 駿——解／吉田凞生——年
佐伯一麦	ショート・サーキット 佐伯一麦初期作品集	福田和也——解／二瓶浩明——年
佐伯一麦	日和山 佐伯一麦自選短篇集	阿部公彦——解／著者——年
佐伯一麦	ノルゲ Norge	三浦雅士——解／著者——年
坂口安吾	風と光と二十の私と	川村 湊——解／関井光男——案
坂口安吾	桜の森の満開の下	川村 湊——解／和田博文——案
坂口安吾	日本文化私観 坂口安吾エッセイ選	川村 湊——解／若月忠信——年
坂口安吾	教祖の文学｜不良少年とキリスト 坂口安吾エッセイ選	川村 湊——解／若月忠信——年
阪田寛夫	庄野潤三ノート	富岡幸一郎-解
鷺沢萠	帰れぬ人びと	川村 湊——解／著者、オフィスめめ-年
佐々木邦	苦心の学友 少年倶楽部名作選	松井和男——解
佐多稲子	私の東京地図	川本三郎——解／佐多稲子研究会-年
佐藤紅緑	ああ玉杯に花うけて 少年倶楽部名作選	紀田順一郎-解
佐藤春夫	わんぱく時代	佐藤洋二郎-解／牛山百合子-年
里見弴	恋ごころ 里見弴短篇集	丸谷才一——解／武藤康史——年
澤田謙	プリューターク英雄伝	中村伸二——年
椎名麟三	深夜の酒宴｜美しい女	井口時男——解／斎藤末弘——年
島尾敏雄	その夏の今は｜夢の中での日常	吉本隆明——解／紅野敏郎——案